João Maria Matilde

Marcela Dantés

João Maria Matilde

autêntica contemporânea

Copyright © 2022 Marcela Dantés

Todos os direitos reservados pela Autêntica Editora Ltda. Nenhuma parte desta publicação poderá ser reproduzida, seja por meios mecânicos, eletrônicos, seja via cópia xerográfica, sem a autorização prévia da Editora.

EDITORA RESPONSÁVEL
Ana Elisa Ribeiro

CAPA
Diogo Droschi

EDITORA ASSISTENTE
Rafaela Lamas

IMAGEM DE CAPA
Manuela Pimentel
(*Ao som da música de José Mário Branco*, 2021, Prato I, cerâmica, 36 x 36 cm)

PREPARAÇÃO DE TEXTO
Sonia Junqueira

REVISÃO
André Figueiredo Freitas

DIAGRAMAÇÃO
Guilherme Fagundes

**Dados Internacionais de Catalogação na Publicação (CIP)
(Câmara Brasileira do Livro, SP, Brasil)**

Dantés, Marcela

João Maria Matilde / Marcela Dantés. – Belo Horizonte : Autêntica Contemporânea, 2022.

ISBN 978-65-5928-151-0

1. Ficção brasileira I. Título.

21-95075 CDD-B869.3

Índices para catálogo sistemático:
1. Ficção : Literatura brasileira B869.3

Maria Alice Ferreira – Bibliotecária – CRB-8/7964

A **AUTÊNTICA CONTEMPORÂNEA** É UMA EDITORA DO **GRUPO AUTÊNTICA**

Belo Horizonte
Rua Carlos Turner, 420
Silveira . 31140-520
Belo Horizonte . MG
Tel.: (55 31) 3465 4500

São Paulo
Av. Paulista, 2.073 . Conjunto Nacional
Horsa I . Sala 309 . Cerqueira César
01311-940 . São Paulo . SP
Tel.: (55 11) 3034 4468

www.grupoautentica.com.br
SAC: atendimentoleitor@grupoautentica.com.br

– Não tem nada que queira dizer?
(Hanya Yanagihara, *Uma vida pequena*)

Para quem me fez, Juliana e Paulo, a minha história.
Para quem me tem, Leo e Antônio, a vida inteira.

01

– Procuro Matilde, a filha do João Maria.

Sim, Matilde sou eu, mas filha de quem? Eu não entendo o que esse homem está me dizendo, ele fala rápido, e é estranho, a minha língua que não é a mesma. Ele fala de um pai, fala de mim, e o meu coração bate rápido e alto e, por isso, é ainda mais difícil de ouvir, que bobagem. Se falasse mais devagar, se não misturasse tanto as palavras, se eu soubesse responder qualquer coisa. Ele me pede um endereço de e-mail, e essa agora sou eu: alerta, estática, quase catatônica, sentada à frente do computador, atualizando a tela inicial a cada cinco ou seis segundos. Quando a mensagem chega, ela diz a mesma coisa, que procuravam a filha do João Maria e eu ainda não sabia que era eu.

Eu sempre pensei que o nosso encontro seria cara a cara, um olhando o outro, sem saber o que dizer. Faz anos que espero esse dia, quando, sem entender como ou por que, eu teria a certeza de que era ele. Faz anos que carrego esse buraco em mim. Eu só queria um encontro, não se pode dizer que isso é querer demais. Mas ele já estava morto. Não teve olhos nos olhos e muito menos certezas. Não foi um encontro, no fim das contas. Foi só alguém me dizendo, com poucas palavras e um sotaque estranho, que ele existe ou que existiu e me deixou mais uma vez.

Não é como se eu não soubesse que havia um pai, nem na minha infância fui tão ingênua assim. Mas não saber quem ele era, em certa medida, me fazia sentir como se eu fosse filha só de uma mulher que também não sabia muito do homem que a engravidou. Eu soube, depois de muita insistência e do tipo de chantagem emocional que só uma adolescente complicada é capaz de fazer, que ele era português, que se chamava João, que era muito bonito. Nós somos todos descendentes de portugueses, um povo essencialmente bonito, aos olhos de alguém que nos veja pelo ângulo certo. Era ainda muito pouco para mim, e eu sentia como se ele não fosse uma pessoa de verdade, mas só uma história para calar a menina que não queria ser tão diferente, que só queria um pai e que dizia, a quem perguntasse, que ele morava fora ou que os pais eram divorciados, ou qualquer outra resposta que coubesse, mas sem muita convicção. Eu dramatizava o quanto podia. Não que gostasse da atenção, mas o banal, no caso, parecia pouco para mim ou para a nossa história. Às vezes era um pai violento, em outras, um pai viajante, um executivo importante sempre ocupado, ou até um pai morto. Soava bem e evitava mais perguntas, desde que eu me lembrasse sempre qual história foi contada para cada um. Cheguei a tomar notas numa caderneta secreta, evitando o constrangimento de reviver um pai tragicamente morto na infância, ou de sentir saudades de quem me batia. Funcionou bem, só precisava contar a história certa para as pessoas. Em dado momento, o interesse delas desaparece, é como se adultos não precisassem de pais, a nossa existência sendo independente e bastante. O meu interesse também foi se acabando, e, ainda que o buraco continuasse ali, fazendo um barulho que eu já nem notava, fazia muito, muito tempo que eu não pensava nele.

Até hoje, o dia em que o telefone tocou, um número internacional, isso me acontece às vezes. Nessas ocasiões, é como se uma pequena chave virasse no meu cérebro e eu já estivesse automaticamente preparada para falar e pensar em inglês ou espanhol, ou arranhar o alemão e o francês que me cobravam de vez em quando. Acho que, por isso, demorei tanto a entender que falavam comigo em português.

– Procuro Matilde, a filha do João Maria.

02

Contaram-me que o tal João Maria tinha morrido havia pouco, de um jeito que só pessoas muito estúpidas conseguem morrer. O e-mail não dizia isso, naturalmente, mas quem é atropelado? Quem é que não consegue ver um carro se aproximando em velocidade ameaçadora, precisamente no espaço reservado para que passem os carros? Quem estaria no lugar errado, na hora mais improvável, deixando de existir quase tão rápido como se pisca? O João Maria, dizia a mensagem. Amassaram-lhe os órgãos, espremeram-lhe as carnes, esfolaram-lhe as entranhas até que lhe tiraram a vida. Eu deveria mesmo esperar que seria assim que o meu pai apareceria um dia. Ele, que nunca existiu, agora com a pele arrancada pelo asfalto, a vida esquecida em alguma esquina. Eu não soube se tinha sido um homem grande, gordo, ou muito magro e frágil, fácil de se quebrar. Nessas horas, também, acho que as rodas não fazem distinção e saem arrastando o que quer que seja, estúpido ou não, pequeno ou grande, gordo ou magro, João ou José. Não soube se ele ia ou voltava do trabalho, se era domingo, se andava feliz. Só soube que João Maria morreu uma morte boba e me deixou aqui, viva e vazia e atenta a cada travessia. Talvez ele soubesse do futuro ou de uma eventual tragédia não tão estúpida assim, carros que matam pessoas, porque havia um testamento. Ele sabia de mim, e isso eu não sei dizer como soa.

O e-mail dizia pouco, eu precisava de mais, porque o tempo dos ansiosos é sempre outro. É impossível me concentrar com tanta coisa na cabeça, uma interrogação tão grande que é quase palpável, que pesa de verdade no meu estômago. Queriam que eu dissesse que era Matilde, a filha do João Maria, mas como fazer isso? Eu não tinha essa informação, minha certidão de nascimento não dizia nada a respeito, e, agora, minha mãe também já não tinha condições de me dizer mais nada.

Eu trabalhava em um projeto complexo, a tradução de uma trilogia contemporânea cheia de expressões estranhas e neologismos – instigante, mas que me exigia demais, sobretudo agora. Eram livros difíceis sobre o passado de alguém, todos sempre são, de uma forma ou de outra, e de repente não me interessava muito a vida daquelas personagens irreais, ainda que muito verossímeis, porque aquele português dizia que eu tinha um pai. O telefonema e agora o e-mail, que, mesmo sem nenhum anexo, ocupava todo o espaço da minha caixa de entrada, me diziam que havia um pai. Morto, tragicamente morto, como eu dissera algumas vezes no colégio e até no clube, mas um pai. É uma relação nova e talvez eu precise de um tempo para ressignificar toda uma infância, uma juventude, a vida adulta que já me acometeu há muitos anos. Quando foi que eu me tornei adulta? Quando todos nos tornamos adultos? Alguns dizem que quando morrem os pais; não me lembro onde foi que li isso, eu nunca me lembro. Diria, se me perguntassem, que nos tornamos adultos quando uma mãe é diagnosticada com Alzheimer precoce e inédito na família e vira uma criança novamente. Uma criança com a pele bem fina e veias frágeis, sobretudo nas mãos, onde os remédios quentes correm rápido todos os dias. Uma criança que já viveu muito, que já viveu demais, e que não sabe quem você é, apesar da semelhança absurda e muitas vezes incômoda. Alguém que não se lembra dos anos bons e felizes que viveram juntas, só as duas, numa casa acolhedora num bairro de classe média, a vida que quase todo mundo sempre quis. Já se contam muitos anos do dia em que a doença chegou.

Eu nunca tive pai. Talvez eu precise entender de novo todas as coisas que me trouxeram até aqui. Mais que tudo, preciso dos caminhos que me indiquem quem é esse João Maria, quem é a Matilde, quem é Beatriz, uma mãe que ainda me escuta, mas não é capaz de entender, de processar e muitas vezes, quase todas as vezes, nem mesmo de me reconhecer.

Eu sempre soube que ela não queria falar dele, o homem que a engravidara quando ela já nem imaginava que isso fosse possível. O João, bonito e imaterial, que a transformara em duas, Beatriz e Matilde, e não só mais ela, como fora por tanto tempo. Quando nasci, minha mãe tinha quarenta e dois, pouco mais do que tenho agora, e já colecionava dois abortos espontâneos e uma separação sofrida de um homem que não aguentou as perdas, o nome dele era Egídio, eu sei porque ela me contou, naquele dia em que encontrei uma foto dentro de um livro e corri dizendo "mãe, esse é o meu pai, não é, mãe?". E ela disse não. E me disse que aquele era o Egídio e que eles tinham sido casados muito antes de eu nascer. E depois eu soube das crianças que vieram antes de mim e que nunca nasceram, que nunca completaram nem o primeiro trimestre de gravidez, essa marca que dizem ser tão importante para quem quer um filho. Tudo isso aconteceu enquanto ela era jovem, forte e tecnicamente saudável. E era por isso que Beatriz não se preocupava, já tinha se convencido de que seu útero era hostil e impróprio e de que nunca seria uma mãe de fato – coisas que ela não se importava em dividir comigo, logo que eu comecei a entender o funcionamento da vida e dos úteros. Ela nunca me disse que não queria ser mãe, só me deixou saber que, àquela altura, já não achava que isso fosse para ela. Mas foi, e foi uma boa mãe, uma ótima e discreta mãe, enquanto soube disso. Hoje é como se sua cabeça e seu afeto tivessem se voltado a uma vida antes de mim, antes dele, e a cada vez que entro naquela casa tenho que lhe explicar que sou Matilde, que sou sua filha, que sim, ela tem uma filha. Ela ainda é jovem para o estado avançado da doença, mas os médicos garantem que isso pode acontecer. Eu acredito, só preferia que fosse em outra família.

A mim só cabia acreditar quando ela dizia, em voz baixa e elegante, que nunca soube muito dele. Uma noite inconsequente, uma noite divertida. Beatriz, minha mãe, é o tipo de mulher independente, orgulhosa e de postura impecável, que nunca pediria nada a ele nem a ninguém. Eu pensava, pelo pouco que me foi dito, que nunca mais tinham conversado, que ele não sabia de mim, que a história acabara antes do começo. Como, por que e desde quando meu pai sabia, acho que nunca saberei, essa pergunta eu não fiz – o que eu tinha era insuficiente e, ao mesmo tempo, o bastante. Hoje, não consigo, não sei e não posso pedir que ela me explique.

Entro na Casa de Repouso Solário coberta de incertezas, e são elas que fazem com que eu me sinta mais próxima da minha mãe: eu também não entendo o que tentam me dizer e não reconheço as pessoas que diziam ser parte da minha vida. Pensei que o nome João Maria pudesse despertar alguma coisa, acordar memórias que seriam bem-vindas. Conviver com o Alzheimer é ter sempre uma esperança, mesmo que miúda, de que um dia as coisas possam ser como já foram. É amar o passado, sendo ele também todo o futuro. Se durasse horas ou mesmo minutos, eu estaria satisfeita.

Digo quem sou, como todas as vezes. Ela diz "sou Beatriz, arquiteta, sou a esposa de Egídio, você por acaso viu ele por aí?". Os olhos cansados da minha mãe que procuram o ex-marido que não é o meu pai (mas o João Maria, sim), a cabeça e o afeto presos em um tempo que não vivi.

– Você se lembra do João Maria?

E nada.

– Mãe, o João Maria, lá de Portugal, sabe?

Examino todos os detalhes daquela mulher sentada à minha frente, tentando encontrar uma discreta contração muscular, um reposicionamento do corpo, uma respiração mais profunda, qualquer coisa que me deixasse saber que aquele nome significa alguma coisa. Mas nada, ela nem me olha, os pés metidos em uns chinelos peludos, sendo precisamente as únicas partes, de uma ou de outra, que estavam confortáveis ali.

– Você viu meu marido? Se chama Egídio, tem bigode.

Ela procurava o ex-marido em todas as pessoas, a cabeça e o afeto ficaram nesse tempo que eu não conhecia, que eu não vivi. Eu, claro, não sabia onde estava o Egídio, embora as enfermeiras tenham me dito que ele fora visitar uma vez ou duas, um bom ex-marido, cuja vida seguiu como se espera que sigam as vidas: novo casamento, filhos, saúde e lucidez. Ela só tinha a mim, e agora eu não significava nada. Talvez seja essa a maior solidão de todas.

Era toda uma rotina deserta, principalmente para quem tivera uma vida tão cheia, bruscamente interrompida antes que a gente pudesse desconfiar. Negamos os indícios enquanto pudemos. Arquiteta, proprietária do Belvedere, um renomado escritório que lhe permitia conhecer o mundo, independente, linda, cheia de si. Era uma mulher inspiradora, especialmente para mim, até que foi se tornando opaca, silenciosa e incerta, faminta mesmo depois do almoço. Perceber a doença se instalando foi muito difícil para nós duas, e fugíamos do assunto em negação absoluta. Mas há um momento em que o Alzheimer chega e ocupa todos os espaços, de modo que Beatriz deixou de caber. Ela morava agora numa casa de repouso, que ninguém gosta de chamar assim, mas é como se chamam, afinal, embora passasse um ou dois dias da semana comigo – esses eram os piores, quando ela chamava por Egídio e pedia que eu fosse embora, e, com sorte, depois de muito tempo, uma de nós duas conseguia dormir.

Beatriz sempre foi uma mãe amorosa. Lembro-me de ter me dado conta disso ainda bem menina, quando ela passou a madrugada remendando as roupas das minhas bonecas para minha festa de aniversário no dia seguinte. Ela tirava os retalhos de uma arca imensa que ficava na nossa sala e escolhia com cuidado as combinações e os melhores tecidos. Quando acordei, na manhã seguinte, estavam todas prontas em seus novos vestidos, esperando que a festa começasse. Não demorou muito e minha mãe entrou no meu quarto, carregando um presente imenso, embrulhado em papel colorido. Era uma casa de bonecas cheia de detalhes, com a qual passei a tarde brincando, enquanto ela arrumava a festa, enrolando docinhos, enchendo balões, esticando uma toalha de arco-íris sobre nossa mesa. Não acho que tinha clareza do sentimento, à época, mas vê-la fazendo tudo sozinha, sem a ajuda da empregada que cuidava de tudo nos dias de semana, me comoveu. Talvez a memória esteja me traindo, mas diria que foi nesse dia que nossa relação se tornou mais intensa. Até que não foi mais. Nem tudo se pode remendar, afinal.

Deve ter sido logo depois disso que comecei a perguntar sobre meu pai, essa ausência furiosa, uma febre que tinha nome mas não um rosto. Todo mundo tinha um pai, na escola, na vizinhança, nas histórias que ela lia para mim. Até o meu cachorro tinha um pai, que era o cachorro do meu tio, e ninguém nunca falava do meu. Eu não sei, são memórias de criança, e talvez nada disso tenha mesmo acontecido, mas hoje ninguém mais pode dizer que sim ou que não. Eu morro com as minhas perguntas, como João Maria morreu com um carro em cima de si.

As respostas eram todas e sempre diferentes e desencontradas, e isso talvez fosse o que mais me incomodava e, provavelmente, o que deu origem à minha criatividade ilimitada e às minhas respostas mais diversas ainda. Meu avô sempre dizia que isso não era importante e que, se fosse, minha mãe me contaria. Ele insistia nessa coisa de que minha mãe partilharia tudo comigo, de que éramos inseparáveis, companheiras e fiéis uma à outra. Devia ser uma imagem bonita para um pai de uma mãe solteira. Minha avó, por outro lado, desconversava, e acho que o que ela queria era saber também, ou esquecer qualquer coisa que nunca pôde me contar. Quando adolescente, enquanto eu repetia a ladainha, e perguntava a todos, e implorava, e ameaçava sair sozinha em busca do homem, ela me disse uma vez que aquela era mesmo uma boa pergunta. Teve também a tarde em que a professora escreveu um bilhete na agenda, dizendo que Matilde insistia no mesmo assunto todas as manhãs, tão logo os outros coleguinhas desciam para o recreio: perguntava do pai. Que discreta eu era! Minha mãe deve ter ligado na escola, porque não encontrei resposta na agenda, guardei esses cadernos por muitos anos e sei de cor todas as páginas, todos os dias em que exigi respostas às minhas incansáveis perguntas. É muito cruel para uma criança crescer sem pai. Não que não se possa viver sem eles, claro que sim, mas àquela altura não se sabe disso.

Foi só próximo do fim da adolescência que ela me contou. Acho que esperava o momento certo, porque é isso que as mães fazem. Ou não queria que eu pensasse mal dela, ainda que seja somente isso que filhas adolescentes fazem. Disse primeiro que ele era estrangeiro, o que me lembro de achar bem bom: nenhuma das minhas amigas tinha um pai gringo; no final, tinha valido a pena esperar. Ele era mais importante que um brasileiro qualquer. Uma ausência internacional deve ter algum valor. E aí ela fez todo o seu discurso de mãe, rodeando longos minutos para me dizer que foi um caso de uma noite, alguém com quem ela havia estado em uma viagem, o João que ela nunca quis saber onde estava porque sempre tivera a convicção de que nós duas juntas daríamos conta. Só porque eu a conhecia muito sabia que ela estava nervosa e até um pouco envergonhada, mas falava tão firme e altiva que qualquer leigo em Beatriz se convenceria de que sim, nós duas juntas daríamos conta.

Tem um livro que é de certa forma parecido com tudo isso, um menino que cresce achando que o pai é morto, quando ele é só um vizinho. Claro, não lembro o nome, mas algumas frases continuam na minha cabeça. Quase nunca esqueço os livros que falam de mim. Ela nunca disse que ele era João Maria, um nome composto tão mais real e palpável do que João. João é muita gente. João Maria é, definitivamente, alguém. Talvez ela não soubesse, será que ele se envergonhava desse nome tão inegavelmente lusófono? Será que ele gostava de Matilde? Eu nunca gostei, uma escolha pouco discreta para alguém como eu.

Foram muitos e-mails naquela tarde, até que as minhas dúvidas fossem todas esclarecidas, ou pelo menos aquelas que eu conseguia traduzir em frases que vinham com uma interrogação no final. Era o advogado do meu pai que falava por ele, e me parece que não era muito dado a sutilezas. Também imagino que não podia prever que eu não sabia nada e que não havia ninguém por aqui para me contar essa história. Existia um testamento, e João Maria fora enfático em uma única questão: deveria ser lido com todos os envolvidos juntos numa mesma sala. Eu não sabia quem eram os envolvidos, sequer sabia do João Maria, mas já me parecia impossível que todas aquelas pessoas estivessem no Brasil para a leitura. Em alguns momentos, eu achava que o advogado de meu pai, Pedro Cruz, estava mais surpreso que eu. Eu tinha tantas perguntas, e tudo o que ele queria saber é quando eu iria para Portugal.

Um telefone tocando nunca é qualquer coisa.

– Oi, Matilde, sou o Pedro Cruz de novo, vou te explicar por aqui.

E aí ele tenta falar, mas eu não entendo, eu simplesmente não entendo. Para além dos agoniantes instantes de silêncio, tão comuns nas ligações internacionais, aquele português que eu não falava, as palavras se juntando umas nas outras sem que eu pudesse entender qualquer uma delas. Pedro Cruz é estrangeiro em mim, seu português também.

Me diz, eu acho, que eu precisaria estar lá. Isso significava, entre tantas coisas, pedir mais prazo para o meu editor, talvez levar trabalho para longe. Isso se eu fosse, o que demorei muito a me dar conta de que de fato aconteceria. Remexer uma ferida que quer cicatrizar tem um quê de masoquismo que combina comigo. Relembrar que não tenho um pai, na terra dele, na língua que dividimos com sotaque torto e até um pouco áspero, os "esses" que parecem xis, só para começar, deve ser doloroso. Mas tem dias em que se deve buscar a dor, remexer em um canto de pele solta, e puxar para ver o sangue começar a brotar da pele nova e frágil. Essa sou eu. Não é uma decisão para ser tomada de supetão, não em meio a tanta coisa que me acontecia. A saber: uma mãe doente, o Abel, esse namorado que anda meio infeliz e que, desconfio, não vai entender nada dessa história, um projeto de tradução tão urgente quanto interminável, de que já não gosto mais. Dizendo assim, parece uma vida de tragédias, mas nunca foi nada nem perto disso. Ainda que sem muitos rompantes de alegria, tenho uma boa vida. Ou, como Abel sempre insiste em dizer, uma vida plena.

Nunca fomos muito de falar do passado um do outro. Sabíamos o essencial para nos amar e planejar um futuro, sem muitas amarras, sem muita distância. Falávamos em morar juntos, o que não seria muito diferente da nossa rotina atual, um sempre dormia no apartamento do outro, em uma proporção que me parecia bem adequada e justa. É claro que economizaríamos um aluguel e a vida provavelmente seria mais prática, mas é tudo sempre sobre prioridades. Meu apartamento era tão bom, tinha tudo o que eu gostava e ficava perto da minha mãe. Ele também tinha os motivos dele. Espera-se que os casais sigam assim, mas nós nunca cobramos isso um do outro. Abel queria uma família, mas no ritmo dele, o que me dava bastante tempo para seguir com a vida. Mas agora, justo agora, ele andava sensível e reclamão, cobrando uma presença que nunca fizera parte da nossa rotina.

– São sempre os livros, Matilde. Sempre os livros antes de mim. É qualquer coisa antes, e não venha me dizer que não entendo, porque livros também são tudo o que tenho.

Abel precisa de menos solidão que eu, ou talvez ele suporte a solidão, ao passo que eu me alimento dela. Quase sempre acho que só outro filho único me entenderia. Não era a melhor hora para falar de João Maria, não era boa para ir embora, mas se eu fosse (e eu iria), precisava ir sozinha. Tem ausências que não são de mais ninguém. Essa era minha, e tinha que doer só em mim, tortura que eu devo merecer sem nem saber o porquê.

Ele chegou em casa e eu ainda estava trabalhando. Embora já fosse muito tarde, eu tentava encontrar o ritmo e o foco que me fugiram assim que o telefone tocou. Não tínhamos combinado nada, acho que nem nos falamos ao longo do dia, mas ele tinha a chave e sabia que podia passar quando quisesse. Abel entra, acendendo todas as luzes, enquanto eu prefiro a tranquilidade da penumbra, a luminária que só me deixa ver o meu trabalho. Lembro que estava frio, ou chovia, era um clima estranho, porque as janelas estavam fechadas e elas quase nunca ficam assim. Se eu fosse mais velha ou mais sensível, diria que meus ossos doíam, mas é só a minha memória. Ele é exagerado, espalhafatoso e intenso, e eu quase sempre me perco quando ele chega e deixa as chaves caírem, ou tropeça em alguma coisa, ou conversa alto no celular. Nesse dia, demorei a notá-lo, já dentro do quarto, já quase em mim.

– Abel, oi. Aconteceu uma coisa estranha hoje.

03

Eu detesto quando ele faz isso. Encosta as costas na parede, em qualquer uma, e deixa o corpo escorregar para o chão, dobrando os joelhos com sutileza e com ares de quem se prepara para assistir ao fim do mundo. E fica ali, sentado, as pernas bem juntas do corpo, os braços apoiados nos joelhos, os pés paralelos entre si, apontando ferozes para o interlocutor, que quase sempre sou eu. Já era noite, e as luzes estavam todas acesas, mas o que importava? Era sempre assim quando ele chegava: cercado de barulho, movimentos expansivos que rompiam meu espaço, me olhando como se eu tivesse dito um absurdo.

– Para que mexer com isso agora, Matilde? Você não acha que já tem coisa demais na cabeça?

Quando ele diz coisa demais na minha cabeça, não precisa explicar, eu sei que está se referindo às crises, às minhas fobias indisfarçadas e outras fragilidades que têm, de fato, ocupado grande parte dos meus dias, desde sempre ou desde que eu me lembre. Mas não é algo que se possa controlar e tampouco acho que seja possível esperar passar, a vida acontecendo ao redor, a mãe desaparecendo, o pai que me morre antes que a gente se conheça. Eu teria escolhido ser saudável, se pudesse, ter a coragem e a segurança daqueles que admiro, assim como preferiria um pai vivo e uma mãe que saiba quem sou. Mas eu não posso, pelo menos não nesta vida. Eu sei que não é fácil estar por perto, mas nunca pedi que ele ficasse. Já faz tempo que me aceitei e bem posso fazer isso sozinha. Não vai ser hoje, ou em dia nenhum, que eu vou aceitar alguém dizendo que as coisas na minha cabeça vão me impedir de qualquer coisa. Antes assim do que ser vazia. Desde muito nova, eu carrego um diagnóstico bem completo de questões psiquiátricas, siglas estúpidas que quase sempre consigo controlar, mas há dias em que não. E é por isso que deixo livre quem está comigo, porque só coexiste com a minha mente quem quer.

Eu sei que é um jeito de mostrar cuidado, preocupação, talvez até carinho. Ou amor. Mas também é uma forma sutil de controle, rigorosamente enfeitada com cores mais bonitas. Basta uma busca rápida na internet para que se saiba que diminuir as nossas questões é o pior caminho. As nossas dores têm o tamanho do mundo, e quando insistem em nos dizer que não, a gente tende a se fingir de louco.

A primeira grande angústia me veio cedo, adolescente ainda, e não tinha razão de ser. Bem, é isso que acontece quase toda vez, mas eu não poderia imaginar naquele tempo, quando ainda achava que era qualquer uma, só mais uma menina insegura tentando se descobrir, dizendo para o mundo que tudo ia bem, mesmo que não acreditasse nisso nem por um segundo, nem quando eu dormia. Me lembro de tudo que já era enevoado e difícil sendo acompanhado ainda de uma frustração tão grande porque eu não conseguia entender o que estava acontecendo. Eu tinha medo de tudo, queria que gostassem de mim, mas não deixava que ninguém se aproximasse. Não queria que ninguém soubesse, mas viver parecia tão desinteressante e doído, eu não queria sair da cama, pouco me importavam os meus amigos, a escola, alguém com quem eu estivesse saindo. Estar aqui era uma dor constante, uma aflição eterna, e eu só pensava que precisava acabar.

Eu tinha uma vida boa, uma família unida (faltava o pai, mas já havia aprendido a viver com isso), bons amigos, planos para o futuro, até ambição. E ainda assim, de um dia para o outro, ficou impossível botar a cara no mundo, impossível viver, os riscos eram grandes demais, meu coração acelerado me dava a sensação de que meu peito podia explodir. E se o peito explode, deve ser uma bagunça feia de se ver.

Beatriz foi rápida em me conseguir um psiquiatra, era sempre muito atenta, sensível às questões alheias, e entendeu logo que não era coisa pequena, a menina nos seus treze ou quatorze anos que não sai mais da cama só para chamar a atenção. Tudo o que eu não queria naquela época era chamar atenção – e isso ainda não mudou. Não era isso, era maior e mais grave e muito mais cinza, e ela sabia, talvez antes mesmo do que eu. Desde então, tenho as minhas crises, mas meu médico é bom, a ajuda química de fórmulas modernas é fundamental, e eu consegui (acho que posso dizer) levar uma vida normal. Tomo remédio, todos os dias, muitos, mas também, hoje em dia, quem não é assim? Quem consegue passar impune por essa realidade que arranca o melhor de nós, qualquer vestígio de lucidez que possa existir? O medo vem às vezes, sobretudo em momentos de tensão, e é isso que mais incomoda Abel, que tem dificuldades com tudo que lhe foge ao controle. O medo me paralisa, e Abel quer estar sempre em movimento. Só não é justo que ele traga essa informação para uma conversa tão importante quanto essa, sobre meu pai, sobre o meu passado, sobre algum futuro.

– Coisa demais na cabeça todo mundo tem, Abel. Você tá querendo dizer outra coisa, mas não tem coragem. Mas sabe? Se eu não for lá, se eu não descobrir, vai ser pior. Eu me conheço, embora você ache o contrário.

– E de que que adianta? Ele já não está morto? Acha que deixou o que para você, uma fortuna escondida? Você vai remexer em coisas complicadas para voltar com um jogo de talheres de prata, Matilde, escuta o que eu estou te dizendo.

– E se for isso? Você não carrega aí, de um lado para o outro, o relógio que foi presente do seu pai? O que tem de errado se eu quiser as facas do meu? Me deixa ter um pai também, Abel.

– Você não sabe nada desse relógio, Matilde. E você nem sabe se esse cara é mesmo o teu pai.

Falou Abel, o que sabia muito de tudo. Ele disse isso enquanto se levantava, o que era um jeito não muito sutil de dizer que, no que dependesse dele, a conversa estava acabada. Colocou a mão no relógio, escondendo com os dedos o objeto que eu sabia que significava muito para ele. Foi um movimento quase imperceptível, mas eu já conhecia aquele corpo e o impulso de proteger tudo que era precioso, as mãos grandes que separavam o mundo do que lhe valia a pena. Eu gostava delas no meu ombro, sentia-me mesmo mais segura. Não que eu seja pequena ou indefesa ou precise disso, mas séculos de tradição fazem com que a gente ainda sinta o poder das mãos de um homem no nosso corpo, como um manto abençoado capaz de garantir que nada de mal nos aconteça. Abel faz isso muito bem, sabe ser atencioso, até gosta.

Ele levantou rápido, meio frenético, me deixando duas opções: aceitar o fim da conversa e voltar para as minhas questões e para um livro imenso, ou andar atrás dele pela casa, espalhando a discussão pelos cômodos que não tinham nada a ver com aquilo. Nem deveria ser uma discussão, era descabido e inadequado.

Em condições normais, arrastaria meus pés e meus protestos atrás dele, determinada a expor os melhores argumentos e construir um diálogo digno do casal que éramos na maioria do tempo. Eu construiria uma lucidez bonita para convencê-lo de quem eu nem sabia que era. Mas hoje, não. Eu de fato tinha coisa demais na cabeça, e se Abel achava melhor conversar outra hora ou talvez não conversar mais sobre aquele assunto, por mim tudo bem. Voltei o olhar para o livro enquanto ouvia o seu passo pesado ressoando pela sala, o volume do corpo caindo no sofá para se levantar muito rapidamente, a porta batendo. Acho que ele não ia ficar para dormir, acho que eu não conseguiria dormir. Ele tem razão: não sei mesmo se esse cara é o meu pai. Já vivi anos dessa ausência, por que mexer em tudo de novo? Qual a diferença entre um não-pai e um defunto? Mas eu já sabia que iria até o final, arrancaria dessa história todo o sofrimento que eu pudesse, porque essa sou eu. Desconheço o meu pai e não posso perguntar a ninguém. Eu quero acreditar no Pedro Cruz, um homem que nunca vi, mas que é agora o meu único vínculo com essa história, se é que é possível se prender a ele. Ele tem que ser o meu pai. Sê meu pai, João Maria. Sê meu pai.

Minha primeira crise ao lado de Abel foi durante uma viagem. Nos conhecíamos há pouco tempo, um relacionamento bem novo, os dois ainda tentando descobrir que partes da personalidade deveriam ser apresentadas ao outro e o que era melhor esconder. Uma crise assim não se esconde, contudo. Era o nosso terceiro ou quarto dia de viagem. Eu não conseguia dormir e não sabia por quê. Tínhamos andado muito durante o dia, conhecendo, investigando e fotografando uma cidade nova para os dois, e, no começo de uma relação, somos tão curiosos, querendo mostrar ao outro o nosso interesse pelo mundo. Meus pés doíam, mas de um jeito bom, que me deixava saber que o dia havia sido cheio e inspirador. Tudo parecia bem, a viagem corria sem sobressaltos, nos entendíamos e ríamos bastante. Éramos o melhor de nós mesmos, até que a crise viesse. Eu sempre sou o melhor de mim, até que não. Já no hotel, um banho quente e um vazio, por mais que Abel me abraçasse, eu me sentia oca. Acho que a expressão mais usada é "vazio no peito", mas não é assim que eu sinto. Meu vazio é como que no estômago, ou atrás dele, a estranha sensação de ter engolido um balão cheio de ar que nunca vai embora. Essa é a pior parte de uma crise, a certeza de que ela vai chegar e a impossibilidade de fazer qualquer coisa. Não dormi bem, claro que não, esperava as horas passarem tentando manter as coisas dentro da normalidade. Como não se pode ver os olhos abertos no escuro, ninguém mais sabia de mim, eu era Matilde às vésperas do meu pior. Só eu sabia que a manhã seguinte seria impossível.

Havíamos combinado um almoço com alguns amigos dele, amigos de outra época que agora viviam ali. Gente que eu não conhecia, cujas histórias eu não escutara, cujos nomes eu precisava me esforçar para lembrar. Estávamos numa cidade nem grande nem pequena, não muito diferente da nossa, mas estávamos de férias, o que era bom, o que era raro, o que devia ser o mais importante. Prometemos um ao outro deixar o trabalho por uma semana, sete dias sem pensar nos livros, sem discutir se uma palavra funcionaria melhor do que outra para aquele autor e se sim, se deveria ser substituída só em determinada frase ou em todo o trabalho já feito. Quantas vezes conversávamos sobre isso e apenas sobre isso, nos esquecendo de que a vida não era um livro a ser traduzido. Prometemos ser pessoas normais, que ficam felizes com o dia de sol, frustradas quando o trânsito aperta e que só perdem o café da manhã do hotel se estiverem muito cansadas.

Mas naquele dia seguinte, que eu esperava com tanto medo, não consegui levantar da cama. Era uma cama imensa, os lençóis macios, o cobertor perfeito para o ar condicionado que funcionava muito bem. Nos dias anteriores também tinha sido difícil levantar, mas só porque aquela cama me parecia o paraíso, com o Abel do meu lado como a redenção que eu nem sabia merecer. Mas, naquela manhã, a cama era incômoda, áspera, dura feito pedra dura. E ainda assim, eu não sabia como sair dela. Não queria me atrasar para o almoço, não queria ser um peso para Abel e, mais que tudo, não queria ter que explicar o que estava acontecendo. Lembro que ele se levantou logo para tomar banho, animado com o reencontro, que devia ser importante para ele. Isso me dava alguns minutos para encontrar forças e me colocar de pé, e foi o que tentei fazer. Cada crise me vem de uma forma, e nesse dia era como se um par de mãos muito fortes segurassem minhas canelas junto à cama. Então, eu conseguia ficar sentada, as pernas esticadas, olhando o contorno dos meus pés debaixo das cobertas. Mas isso era o mais longe que eu chegava, apesar de todo o esforço. Me faltava coragem até mesmo para tirar as cobertas e encarar as pernas, na certeza de que as mãos estariam ali, vindas não sei de onde.

Abel saiu do banheiro cantarolando, o que eu nunca tinha visto acontecer. Em algum lugar, aquilo significou muita coisa para mim, e era difícil processar. É muito íntimo ver alguém cantando depois do banho, o corpo molhado exposto como nunca, mas eu não podia fazer nada com aquilo, não naquela hora. Era um estranhamento tão grande reconhecer, no mesmo cômodo, duas pessoas essencialmente parecidas e agora tão absurdamente diferentes, vivendo sensações incompreensíveis para o outro. É claro que eu preferia estar cantando, tão disposta quanto ele. Abel se aproximou, me deu um beijo carinhoso e eu expliquei que não me sentia bem, uma dor de cabeça muito forte e era melhor que ele fosse sem mim, eu não seria mesmo uma boa companhia. Era a nossa primeira crise, o medo e a história que ele não conhecia, mas ele já tinha presenciado alguns episódios de enxaqueca e vi seu rosto mudar imediatamente em preocupação com a dor que poderia chegar e com o pânico de ter que enfrentá-la sozinho comigo. A pior parte de uma enxaqueca é para quem está do lado: assistir ao sofrimento lancinante de alguém, sem saber o que fazer. Mas eu lhe garanti que ficaria bem, que não seria uma crise, que precisava apenas descansar mais um pouco. Ele entendeu. Fechei os olhos e esperei. Podia ouvi-lo se arrumando no quarto, tomando cuidado com cada movimento, evitando os ruídos e quase prendendo a respiração – eu tinha estragado a primeira vez que Abel cantarolava do meu lado. Mas ele ia sair, e tudo ficaria bem, se eu conseguisse soltar minhas pernas das mãos gigantes e, agora, ásperas. Eu estava sobrevivendo à crise, e tudo estava sob controle, eu só tinha que aguentar mais um pouco. Ele perguntou mais algumas vezes se eu não queria mesmo que ele ficasse, se ofereceu para buscar algum remédio na farmácia, molhou uma toalha para colocar na minha testa, aliviando uma dor de cabeça que não existia. Até que ele cedeu, se desculpando pela ausência que eu achava que era tudo o que queria, e já saía pela porta. Eu tinha vencido, o pânico continuava só meu. Até que, sem que eu percebesse, me ouvi dizendo:

– Abel, você pode ficar?

Foi um esforço imenso para fingir que estava tudo bem, eu me controlando, tentando respirar, contar até cem, todas aquelas técnicas que ensinam para a gente nesses momentos em que se tem certeza de que se vai morrer. Eu estava indo bem, e então, antes que pudesse impedir as palavras de sair, estava pedindo que Abel ficasse. Meus dentes foram insuficientes para segurar dentro da boca aquelas palavras que diriam mais de mim do que qualquer coisa até então. Ainda que sem clareza, eu não conseguia aceitar a ideia de ficar sozinha naquele quarto, não com aquelas mãos ou com o que elas poderiam fazer comigo. Foi só depois de ter pedido que ele ficasse que entendi a dimensão daquela frase. Agora Abel faria perguntas. E perguntas pedem respostas, em qualquer relacionamento saudável. Agora, meu segredo (mesmo que não fosse oficialmente um, mas eu cuidava para proteger essa informação), estava em perigo, assim como eu.

É claro, quando eu disse aquilo, já trazia lágrimas e uma expressão de pavor, tudo acontecendo muito rápido e o pânico tomando conta de mim. Antes que ele pudesse perguntar o que havia de errado ou dizer que claro, ficaria comigo, viu meu rosto e todo o terror nos meus olhos. Eu sei, porque ele voltou apressado, se sentou ao meu lado na cama e, por muito tempo, só me olhou. Parecia avaliar se aquela porta precisava mesmo ser aberta, sabendo que uma pergunta não nos deixaria voltar atrás, nunca mais.

Uma crise de pânico é a certeza de que alguma coisa vai dar muito errado. É um medo que não se explica, que chega de repente, que traz frio e aflição. Uma crise de pânico é, quase sempre, incompreensível para quem está do lado de fora. Por isso, quando Abel perguntava e eu não conseguia mais responder, achei normal que ele ficasse irritado. Começou tranquilo e preocupado, o que é que você tem, meu amor. Mas a ausência de palavras, o choro cada vez mais intenso e o tremor que fazia os meus dentes baterem forte, nada disso tornava as coisas mais fáceis.

– Matilde, fala comigo, porra!

Não era agressividade, era só incompreensão. Eu não sei quanto tempo passamos assim, ele olhava no fundo dos meus olhos esperando respostas e eu tremia, chorava e, a essa altura, também, já tinha molhado a cama com meu desespero. Abel me trouxe água com açúcar, deve ter aprendido isso com a mãe, no passado. Crianças choram e ganham água com açúcar. Mas eu não era criança, e todo aquele medo não se dissolve numa fórmula mágica de outros tempos. Lembro ainda a primeira coisa que consegui dizer:

– Eu fiz xixi.

Abel riu, de alívio e de medo e de coisas que até hoje não me contou. Me carregou nos braços e sentou-se comigo no chão do banheiro, dentro do chuveiro. A água caía e me esquentava por dentro e por fora, e parecia que as mãos não chegariam ali, não me alcançariam nunca mais – assim, pude contar minha história: o pânico, o trauma, os remédios sem fim. A incerteza constante, a vergonha do outro.

Eu tinha trinta e cinco anos.

04

Como fazer as malas para viajar ao passado? Talvez seja um paradoxo bobo, com certeza é uma frase ruim, mas só consigo pensar em que roupa devo usar no dia de ir visitar o túmulo do meu pai – presumindo que ele exista. Embora seja um túmulo, o que só reforça em mim a certeza de que ele está morto, existe sempre aquela esperança boba de que pode ser um mal-entendido e de que talvez morrera um primo com o mesmo nome ou um irmão com a mesma cara, qualquer um que não o João Maria, que não pode me abandonar outra vez. Talvez, no cemitério, cruzemos os olhares como eu sempre previ que aconteceria, e ele vai me dizer que meu tio, o irmão gêmeo, que talvez se chame José Maria, assumira sua identidade, em uma sucessão de fatos e motivos que dão origem a uma história comprida e tão improvável que nem eu acreditaria. Mas que ele estava vivo, e que era João Maria, meu pai. Isso é improvável, ridículo e até meio infantil, sobretudo agora, eu sei, mas coisas estranhas acontecem, e é sempre melhor que elas aconteçam em bons vestidos.

Sentada na cama, os olhos fixos na mala vazia à minha frente, penso em coisas desconexas e de graus muito variados de importância: quem vai molhar minhas plantas? Preciso trocar dinheiro, será que minha mãe vai sentir falta de mim? Se sim, será que ela vai se lembrar disso no dia seguinte? Claro que não. Procuro o Egídio, deixo um contato, explico a história, levo a sandália preta? Convém fazer as unhas. Vou perder as eleições em um ano em que deixar de votar não é uma boa estratégia. Essa história dava um livro, mas merece uma heroína melhor do que eu. Alguém estável, com uma vista boa.

O Pedro Cruz disse que vai me buscar no aeroporto, será que vou encontrar um pedaço de papel com meu nome? Matilde, a filha do João Maria. Ainda falta uma semana, mas quero deixar tudo pronto, prefiro adiantar as partes chatas, as partes burocráticas, tentando fazer com que o tempo passe mais rápido. Mas não passa. É essa ansiedade de me encontrar com mais uma ausência. É ele de novo, o masoquismo que já conheço tão bem. Não sei se alguém entenderia meus motivos, acho que nem mesmo eu sei bem o que estou fazendo, mas eu vou. Vou? A mala é vermelha e parece maior vista do lado de fora: nunca consegue abrigar tudo o que eu gostaria. Todas as certezas do mundo cabem ali. Roupas para mais de uma semana, isso não.

As coisas ainda vão piorar. Faltando dois dias, um dia, algumas horas, eu vou ser uma sombra, só a lembrança da mulher que costumo ser nos dias normais, a ansiedade (o horror) tomando conta de mim. O avião vai ser uma tortura. E a vida depois, isso eu já não sei. É sempre igual. Um estranho bem perto, os ombros se encostando, a briga muda pelo braço da poltrona. A aflição do tempo que não passa, o filme ruim à minha frente, a comida de isopor que nos fazem engolir. E tudo isso tão mundano, se comparado ao tamanho da minha angústia. E minha angústia meio ridícula, se comparada ao caos do resto do mundo. A vantagem de guardar quase quarenta anos é a de se conhecer a fundo, até (ou principalmente) as piores partes. Sempre me espera o pior, a cabeça me leva de volta às viagens ruins, aos trajetos sofríveis que alguém como eu sempre acaba fazendo. Até o que é insignificante acaba pesando no fundo do peito, o coração acelerado de agonia para chegar logo. Um pensamento muito importante que quase me escapa: marcar análise.

O Abel acha que, nos dias de hoje, já existem formas mais eficazes ou menos intuitivas de lidar com as questões da nossa mente. Dos meus poucos amigos, muitos concordam com ele, enquanto outros se apegam a Freud e tudo o que veio depois dele, como se a psicanálise fosse a resposta para todas as nossas questões. Não existe meio termo, ou você ama ou você odeia, ainda que ninguém negue que os nossos tão estranhos processos mentais mereçam alguma atenção, anos de estudo ou um trabalho insistente para que não nos derrubem. E mesmo assim, muitas vezes, nossa cabeça nos derruba. Eu sei porque já caí. Não sei o que penso do meu inconsciente, ou mesmo da psicanálise em um contexto mais amplo, talvez eu seja o exemplo de meio-termo que disse não existir. Mas sei também que a Lilian é uma das personagens mais importantes da minha história há bastante tempo, e isso deve significar que sou a favor do que quer que ela defenda, essa teoria da alma que nem todo mundo sabe o que é. A Lilian, sim.

Eu e Lilian não temos nos visto com a frequência que ela gostaria, ou com a frequência que ela julga que preciso. E que eu sei que preciso. Mas já chegamos num ponto em que posso marcar consultas esporádicas, repentinas, urgentes, somente quando sei que elas são fundamentais. Ela não aprova, e me diz sempre isso, todas as vezes, todas as espaçadas e pontuais vezes, antes mesmo de, com um sutil movimento de cabeça, indicar a poltrona para que eu me sente e comece o meu novelo de dramas e coisas que não sei nomear – e que ela sabe, ela sempre sabe. E ela sempre me recebe, me encaixa, encontra um tempo para uma paciente nada exemplar, e vou tentar ir hoje, talvez ajude. Outra das coisas boas dos quase quarenta anos é ter uma terapeuta que acompanha sua história há mais tempo do que não. Houve até uma pequena celebração, no meu aniversário de trinta e cinco anos. Ela me disse: Matilde, agora já são dezoito anos de terapia, contra dezessete sem. Talvez já seja hora de estar boa, menina. Eu estava. E eu gostava de como a palavra contra apareceu naquela frase. Dezoito com contra dezessete sem. Era como se nós, os analisados, fôssemos rivais de quem não, em uma guerra muda pelo título de mentalmente saudáveis. Eu era só uma menina. E gosto que ela me chame assim, desde sempre e até não sei quando. Na minha primeira sessão, me incomodou ter que falar tanto de mim a uma pessoa tão nova, só um pouco mais velha do que eu. Aos dezessete, e na nossa arrogância adolescente, achamos que somos todas iguais, melhores que o resto do mundo, mas não quando o assunto fica sério. Aos dezessete, uma pessoa de vinte e nove se parece com uma de vinte e três. Ou talvez eu tenha lido a informação como queria, sem pensar muito. Para mim, aquela menina na minha frente não tinha experiência de vida suficiente para me fazer as perguntas certas e para resolver tanta coisa dentro de mim. Eu já não tinha vontade de viver, e o que ela poderia saber disso? Mas Lilian tinha sido indicação expressa do meu psiquiatra, e, à época, eu era melhor em seguir ordens. Beatriz também não me deixava muita opção. Se falaram que vai ser o melhor para mim, não há espaço para o outro, queremos sempre o melhor para Matilde.

Eu me culpo por ter sido uma filha tão complicada, por ter trazido angústia e incerteza à minha mãe, justo a ela, que foi tão boa e quase impecável em sua atuação. Eu contaminei Beatriz com a minha essência, e isso me dói como um atropelamento. Cada lágrima ou silêncio meu, além da dor que eu já sabia, doía também porque alcançaria Beatriz, em sua vida que havia sido exemplar até então. Eu mudei o rumo, estraguei suas certezas. E me ressinto pelo ressentimento dela, mesmo que ela nunca tenha dito uma única palavra, as mães não falam dos nossos defeitos em voz alta, sofrem sozinhas de olhos abertos, a cabeça afundada no travesseiro. Ela não precisava ter passado por isso, e essa é a culpa que acorda comigo todas as manhãs. Acho que era por isso que toda semana estava lá, no consultório de Lilian, encarando a suposta inexperiência dela e o meu sofrimento tão vasto.

Descobri logo que Lilian era mesmo boa para mim. Eu gostava de estar lá, esperava aquele dia, quando tentava colocar sentido em coisas que nunca haviam sido ditas em voz alta. É uma relação estranha essa com a terapeuta, alguém que sabe tanto do outro e que não precisa dar as próprias informações em troca. Porque o mundo é assim: para poder falar, você tem que ouvir. Com os amigos, na família, em um relacionamento amoroso, mesmo naqueles que não funcionam bem. Em qualquer lugar, menos ali, naquela sala cuidadosamente pensada para ser acolhedora. Ali se pode falar sem parar, até que os seus cinquenta minutos se acabem e outra pessoa ganhe acesso ao sofá de couro. Ela sempre esperava o final e me dizia as coisas certas, eu saio dali mais angustiada do que entrei, mas à medida que as horas passam, sempre me sinto melhor, e até os olhares de quem está na espera, vendo seu tempo ser comido por outra pessoa, parecem entender. Eu me sinto melhor todas as vezes, e mesmo sabendo disso, evito o nosso encontro como posso. Nunca soube muito da vida dela, diferente do óbvio contrário. Já são agora vinte e um anos, e nesse tempo eu sei que ela tem um irmão e ouvi uma ou duas histórias sobre a mãe, quando era muito importante para reforçar um argumento. Para além disso, imagino que não houve filhos, pelo menos não biológicos, pela ausência eterna de uma barriga que a entregasse. Vi uma aliança chegar e sair, os cabelos começarem a ficar brancos e depois não mais, as salas ficarem cada vez maiores em prédios cada vez mais bem localizados. Eu adoro a composição da sala atual. Uma antessala pequena, mas muito elegante, com um sofá de couro marrom coberto com um xale muito bonito, em tons terrosos, tudo muito combinado e sóbrio. Gosto do que pode e do que sabe ser sóbrio. Uma pequena geladeira com sofisticadas e quase arrogantes garrafas de água mineral e uma máquina de café expresso. Não há revista, Lilian sabe que hoje em dia esperamos olhando as telas dos nossos celulares. Sempre tem música, outro artifício elegante para que o paciente seguinte não escute a vida de quem está lá dentro, se chega um pouco mais cedo ou se o relógio passa da hora.

— Matilde, então você ainda sabe o caminho.

— Desculpa, eu sei que estou sumida. Mas as coisas andam difíceis.

— Mais um motivo para você não deixar de vir. – Lilian sorri ao dizer isso, o que me deixa saber que é muito mais por carinho do que por qualquer outra coisa que ela me faz essas cobranças. – E então?

Já são muitos anos, e eu desenvolvi um método particular de conversar com a terapeuta. Imagino que cada um tenha o seu, ou que as pessoas nem pensem nisso. Eu demoro a me sentir à vontade, a ter forças ou disposição para falar tudo o que precisa ser dito e sempre começo com um sonoro "tudo na mesma", logo depois que ela, que também parece ter um método, começa com o seu "e então?". Ela nunca riu desse meu começo tão antinatural, nem mesmo quando eu estava com os dois braços engessados e muitos hematomas no rosto, quando, claramente, não estava tudo na mesma. A conversa vai ganhando ritmo e intensidade, e ela faz as perguntas certas, e nem mesmo se eu tivesse preparado um roteiro (o que já tentei fazer) as coisas caminhariam tão bem. A Lilian sabe muito de mim e também disso de ser psicanalista. Mas claro que não foi sempre assim. Houve uma época em que eu mentia muito na terapia. Não era algo premeditado, e eu não fazia por maldade, mas simplesmente não tinha coragem de contar a Lilian como era minha vida de verdade. Ela era muito elegante e compreensiva, mas havia coisas que eu não contava nem para as minhas amigas mais bem resolvidas e parecidas comigo. Aconteceu uns bons anos depois das minhas primeiras crises, e eu ficava lá no consultório, dando voltas em assuntos banais, tentando problematizar qualquer coisa e intensificar a angústia que andava sumida, tentando parecer uma jovem mulher densa e sofrida, às voltas com uma tristeza constante, mas eu me sentia bem. Estranhamente, e de um jeito muito novo para mim, mas bem. É claro que as drogas ajudaram, e, mais ainda, todas as pessoas com quem dormi, ou principalmente tudo isso junto, numa febre que deve ter durado muitos meses, quase um ano, que foi necessária, que foi importante, mas Lilian não precisava saber. Precisava, claro que sim. Ou talvez ela soubesse, mas não perguntava e também nunca ouviria de mim sobre os homens e mulheres cujos nomes eu não faço ideia. Ou sobre toda a maconha, cocaína e um número imenso de comprimidos que não sei de onde vinham, quem me dava ou como eu pagava por eles.

Como veio, passou. Talvez tenha sido um tipo de expurgo, um batismo oficial à minha vida de verdade, não sinto orgulho, nem vergonha, não sinto nada. Hoje sou uma pessoa diferente, nem preciso dizer. Não sei qual versão de mim é mais real, não sei de quem gosto mais, o tempo vai tomando as decisões. Hoje eu preciso falar do presente, mais do passado, ainda que queira mostrar que está tudo na mesma. E é isso, viajo na segunda, porque eu preciso ir. Lilian gostou da história de João Maria, mas quem não gostaria? O passado sempre mexe com as pessoas, acorda umas coisas bonitas dentro da gente. Ela quis saber se eu sabia quem encontraria lá, quem eram as pessoas de João Maria. Aquela pergunta me doeu, porque em nenhum momento, desde o começo de tudo, eu pensei que ele teria pessoas – achei, na minha ilusão adolescente, que seria a única na vida daquele homem que já não existia mais. Talvez eu viaje para encontrar decepções, talvez eu chore.

Preciso que pare de chover, essa cidade é impossível com água. Não sei o que acontece com os motoristas, é como se a chuva lavasse deles a capacidade de dirigir. O trânsito fica insuportável e eu tenho tanta coisa para fazer e essa umidade incômoda atrapalha meus pensamentos. A Casa de Repouso Solário fica na avenida principal do meu bairro, quase no cruzamento com a rua que leva para minha casa, que já me levou tantas vezes. E sempre tem vaga na porta, é impossível não me sentir impelida a parar ali sempre que passo, coisa que não faço porque me dói e porque dói a ela, mas hoje, sim, hoje, outra vez.

– Oi, mãe.

Ela fica em silêncio, é sempre a mesma coisa, eu dizendo oi a uma mãe que ela não tinha como saber que era ela. Preciso chegar perto, apertar sua mão na minha e esperar que ela fale, se ela quiser falar, o que nem sempre acontece. Desde que chegou ao Solário, ela começou a usar um chapéu imenso, que não sei de onde veio ou o que significa. É um chapéu roxo, desses de abas grandes e maleáveis, que ela usa com as laterais meio caídas, fazendo-a parecer muito mais velha do que realmente é. Dá um ar triste, solitário e melancólico à minha mãe, e talvez por isso ela goste tanto dele, ou talvez ela já nem se olhe mais no espelho. Talvez minha mãe não se reconheça mais, não é isso o Alzheimer?

Muita coisa mudou depois que ela veio para cá, começou também a usar umas camisas abotoadas até o pescoço, uma coisa meio sufocante e completamente incoerente com seu estilo despojado e neutro. Já perguntei às enfermeiras de onde vinham todas essas roupas novas, porque eu sempre soube que minha mãe preferia os tons de cinza, a ausência de estampas, o discreto mundo dos mais elegantes. Ninguém soube me dizer e, na falta de resposta, disseram que era comum que as pessoas ali trocassem seus pertences uns com os outros, um escambo que distraía e fazia o tempo correr mais depressa. No entanto, nunca vi ninguém usando aquele vestido de seda preto que ela tinha, tão fluido, tão bonito. O vestido que ela usava quando chegou aqui. Ele não existe mais (ela, sim).

– Oi, meu nome é Beatriz, tudo bem?

– Oi, Beatriz, eu conheço você. Sou a Matilde, sua filha.

– Acho que é um engano, querida. Não tenho filha. Estou procurando meu marido, ele se chama Egídio, quem sabe você não viu ele por aí? É um homem bonito, alto, os cabelos bem claros. Parece até um ator de televisão. Bem barbudo.

E aí, eu explico tudo. Tem a parte que ela chora, às vezes choro também, e normalmente ela entra em um silêncio inalcançável. Vamos adquirindo hábitos tão impensáveis na vida, ainda me espanto com nossa capacidade de adaptação – somos o que o mundo exige da gente. Hoje não ando sem um creme hidratante na bolsa e sempre que venho aqui, enquanto assisto a Beatriz não sabendo quem sou, repetindo o discurso da busca pelo marido Egídio, tão bonito, os olhos molhados de uma tristeza distante, passo creme nas suas pernas e braços, a pele tão fina que parece que vai rachar a um olhar, as veias marcadas, roxas e altas, uns pedacinhos de história que vão se descolando enquanto minha mão corre no corpo dela. Somos mãe e filha, somos família, somos amor, mas, às vezes, não parece nada disso. Não somos mais, porque ela não é, e eu não sou.

05

Sou Matilde Belo, tenho trinta e oito anos, cabelos ondulados e volumosos, cortados sempre à altura dos ombros, algumas vezes com pontas mais compridas na parte da frente, um desequilíbrio que posso suportar. Minha pele é clara como a da minha mãe, salpicada de sardas que parecem se multiplicar a cada noite. Sou mais alta do que gostaria, ainda que receba muitos elogios por isso – as pernas longas, o porte esbelto, os ombros ossudos de um burguês saudável, desses que comem bem, mas nunca se descuidam do corpo e das medidas. Sou uma boa tradutora, presto serviço para as melhores editoras do país, traduzindo do inglês e do espanhol com igual desenvoltura. Converso com outros tradutores do mundo inteiro, tentamos encontrar soluções e caminhos para um ofício que é essencialmente solitário. Ganho o suficiente, o que é raro nesse meio. Não sou rica, mas pago em dia todas as contas, incluindo o aluguel de um apartamento de três quartos, sendo um o meu escritório, meu lugar favorito no mundo. Tudo decorado com bom gosto, e as estantes cheias de lembranças de viagem. Meu namorado é também alto e também tradutor. Sabemos da existência um do outro há tempo demais, mas só fomos ficar juntos quando paramos de encontrar razões para nos evitar.

Não nos falávamos desde o dia em que ele saiu daqui batendo portas, irritado comigo, com o mundo, com o fato de existir qualquer coisa maior que ele. Puto com a ideia de um pai morto, um corpo frágil que podia ameaçar o equilíbrio também frágil que trouxemos para nossa vida juntos. Brigar com o namorado não é muito diferente do resto da vida, embora me pareça um lugar um pouco adolescente para se estar agora. Mas já fazia mais de uma semana de silêncio, e em mais dois dias eu estaria atravessando o oceano com o peito apertado, como eu sei que sempre é, e toda a dificuldade para respirar. Eu esperava que Abel aparecesse, e ele não sabia quando eu iria e, por isso, eu precisava torcer para que ele chegasse antes de ser muito tarde. Ao mesmo tempo, eu não podia dizer nada, meu silêncio era minha única defesa. Meu silêncio dizia tudo o que podia dizer: eu ia.

Abel aparece no sábado à noite. Cruza a porta e seguimos em silêncio, atravessando a casa até meu quarto. Ele olha para o chão ao pedir desculpas, é orgulhoso demais para fazer diferente e eu sei que daquele jeito já é difícil o bastante. Sei que é muito para ele, mas ainda é pouco para mim. E diz que vai comigo, que quer estar ao meu lado, que vai me ajudar. Diz que me entende.

– Abel, me deixa tentar colocar isso de um jeito carinhoso, que é como deve ser. Não tem nenhuma briga ou incômodo ou mágoa, mas eu não preciso de ajuda. Eu tenho que ir sozinha.

Vejo sua expressão mudar, ainda que saiba que era exatamente isso que ele esperava ouvir. Me conhece bem, o Abel. E talvez agora ele saiba como me sinto quando ele diz que tem coisa demais na minha cabeça. É ruim quando não acreditam na gente, ou não precisam da gente, ou não nos querem por perto. De novo, não foi uma agressão, tudo o que eu mais quero é estar de volta logo, as mãos de Abel nos meus ombros, mas preciso ir sozinha conhecer os meus fantasmas. Foi sozinha que eu não soube de João Maria toda a minha vida e deve ser assim que vou saber dele. Abel não tira os olhos do chão, e sei que ele está procurando a coisa certa para dizer, esperando o susto passar sem que ele precise ser exagerado, inconsequente ou irreal. Na falta das palavras, ele me olha nos olhos, arruma meu cabelo, tira meus óculos. Esses códigos silenciosos dos casais. Já o conheço há tempo demais para saber que tirar meus óculos é o começo do sexo calmo, mudo e abafado que está por vir. O corpo de Abel me assusta, é assim desde a nossa primeira vez. É tudo tão absurdamente proporcional e perfeito que volta e meia me pego sem reação, olhando aquela carne, a cor de quem transpira saúde, os músculos cuidadosamente desenhados sob a pele. Abel me segura com força, sinto os dedos apertando meus braços, mas os movimentos são sempre precisos e tranquilos. Ele me vira de costas, segura meus cabelos no alto, beija e morde minha nuca. Eu viro pedra quando Abel se encosta, espuma macia e úmida, os poros sendo mais que tudo. Esqueço o resto do mundo, e é só aquele corpo inteiro que poderia me machucar muito, mas nunca o faz. Com as mãos, ainda em silêncio, ele empurra minhas costas para baixo, me coloca de quatro na beirada da cama, e eu sinto arrepios que me gelam o sangue. Abel nunca é rápido demais, cuida das minhas vontades, me toca onde só ele sabe, usa a força quando convém (e sempre me convém). Não falamos nada, o silêncio acompanha os movimentos intensos e repetitivos e acelerados do corpo em cima do meu. Tudo fica claro e quente, sou pedra viva, mas dura pouco. Acabo deitada, atravessada na cama, as costas iluminadas pela pouca luz que temos. Abel se aninha no meu corpo, com meu rosto colado na cama consigo ver os olhos dele me olhando profundamente, naquele cinza que eu não sabia ser possível nos corpos humanos. Ele passeia os dedos nas minhas costas, com os pés pede espaço entre minhas pernas, com os olhos pede muito mais.

— Você volta, Matilde?

— Claro que sim, Abel. Claro que sim.

06

Eu só viajo no corredor, e por um bom tempo não entendi o porquê. Foram muitas viagens até que eu percebesse que a origem da minha angústia era o teto. O teto no meio do avião é um pouco mais alto e menos opressor do que nas laterais, a sensação sufocante é inversamente proporcional ao espaço vazio acima da nossa cabeça. Para mim, sentar na janela não tem nada a ver com a sensação de liberdade ou com a imensidão que todo mundo gosta ou diz experimentar. O meio, nos aviões maiores, esses infernais com três ou quatro poltronas lado a lado, também é assustador; dois corpos quentes respirando do seu lado, você sem chance de fugir. Só me resta o corredor.

Viajar longas horas é sempre penoso, uma aflição de origem desconhecida que lambe meu corpo inteiro, cada centímetro de uma pele que vai estar inevitavelmente fria por causa do ar condicionado, mas não só por ele. Meu corpo sofre, as pernas não cabem e os joelhos se desgastam do contato constante com a poltrona da frente, que parece tentar me empurrar para fora dali. A comida indigesta, a circulação comprometida, a boca seca. O pânico iminente, o pânico mas, sobretudo, as pessoas. Desconfio que as pessoas mostram o pior de si numa viagem, na fila para o embarque, na sujeira inexplicável dos banheiros, na insanidade que sempre vem depois do pouso, todo mundo em pé, se espremendo, como se o avião fosse sair voando antes que se possa descer. Como se só os dez primeiros tivessem direito à vida, como se fosse algum sorteio ou competição. Eu já estou sentada na minha poltrona, na fila dezoito, letra C de corredor, e por enquanto não há ninguém ao meu lado. Que seja assim, eu quase rezo. Tudo o que quero é que as portas se fechem. Fechem as portas, rápido. Fechem as portas, por que não agora? Não encontro meus óculos, eu, que fiz a mala com toda a atenção, que chequei duas ou três vezes se tudo o que preciso estava ali, e eu sempre soube que eu preciso de óculos. Não importa o quanto você se organiza, basta a viagem começar para que tudo saia do controle. Meus óculos só podem estar na mala vermelha, que viaja longe de mim, em um compartimento impessoal e despressurizado. Eles têm que estar lá. Uma aeromoça passa acelerada por mim, mas para imediatamente e volta para me perguntar se preciso de alguma coisa. Peço um copo de água, que vai me ajudar a empurrar uns comprimidos necessários. Ela não pergunta para mais ninguém, e é assim que eu sei que o desespero está evidente na minha cara, provavelmente mais pálida do que nunca. A aeromoça traz a água e fica me olhando um tempo sem dizer nada.

— Eu estou bem. As portas já vão fechar?

— Sim, senhora. Estamos aguardando os últimos passageiros, mas deve ser rápido.

Dentro de mim, eu gritava que era justamente esse o problema, que não tínhamos que estar ali esperando mais ninguém, que era melhor para todo mundo se fôssemos embora enquanto eu ainda tinha uma fila de três cadeiras só para mim. Mas, por fora, eu sorri e deixei os olhos caírem em qualquer lugar, provavelmente sobre a mesa cinza, plástico mudo à minha frente, que tem que estar recolhida nos procedimentos de decolagem e pouso, eu sei. A angústia tão ridícula tomando conta de mim, impedindo que o ar chegue aos pulmões, empurrando com força o estômago para fora do corpo – não posso deixar que ele saia. E foi mesmo rápido, portas fechadas, vou viajar sozinha, ninguém na janela, ninguém no meio de nós. Eu quase sinto o estômago se reacomodando em seu lugar, os pulmões também agradecem. Agora são mais nove horas para chegar a Lisboa, nove horas para me convencer de que ele existe, morto, em algum lugar.

Não conheço Lisboa. Essa palavra sempre me pareceu o nome de uma velha muito gorda e simpática, os cabelos brancos amarrados em um coque baixo, o vestido florido, as meias finas no meio das canelas e os pés metidos em sandálias de couro gasto. Dona Lisboa, que sempre passa um café quente no fim da tarde. Mas não, a Lisboa que eu não conheço é uma cidade, o ponto de partida para uma viagem que nunca planejei fazer, mas que de alguma forma sempre soube que aconteceria. Eu preciso escavar essa ausência, descascar essa dor, machucar mais a minha alma. Lamber as feridas na casa de meu pai. O Pedro Cruz vai me buscar e seguiremos para o canto onde meu pai está, uma cidade com menos habitantes que o necessário para um lugar ser chamado de cidade. Não conhecer Portugal é uma arrogância, minha e de todos nós, uma necessidade de nos mostrarmos independentes e adultos, um país que caminha, aos trancos, mas sozinho. Ou talvez seja só o destino, que também deve ser um homem gordo, um par perfeito para Lisboa, que estava esperando o momento certo. Eu entro em Portugal quando tinha que ser, como tinha que ser, ainda que com a sensação de estar eternamente atrasada.

As horas passam estranguladas dentro de um espaço em que não se respira bem, não se come bem, não se pode nem mijar com dignidade. Levanto de tempo em tempo, é o que recomendam os médicos para evitar trombose ou outros problemas, eu que não tenho espaço para outros problemas. Hidrato as mãos a cada vinte, trinta minutos, parece uma compulsão, a ver. E eu prefiro os pilotos lacônicos, sérios e infelizes. Detesto aqueles que fazem piadas, que aparecem a toda hora para dar notícias da cabine, que se comportam como se a vida fosse brincadeira. Ele avisa que estamos iniciando os procedimentos de pouso, a hora local é nove e vinte e cinco e a temperatura é excelente, quinze graus, sem chuva. E antes que ele termine de falar já me sinto mal, muito pior do que poderia imaginar, eu, que sempre espero o pior.

Descer desse avião é aceitar uma nova realidade e, de certa forma, trair Beatriz, que nunca quis que eu conhecesse meu pai, meu passado, uma história que já nem sei se existe. Descer desse avião é muito para mim, mas é tarde demais. É o tempo de as rodas encostarem na pista para todos os passageiros se levantarem, se acumulando no corredor apertado que não foi feito para isso, esperando que a porta se abra para uma liberdade que aparentemente não podia esperar mais cinco minutos. Eu, que quis tanto que essa porta fosse fechada, agora já não consigo desejar que a abram. Que permaneça assim, trancada, isolando-nos do mundo real. Sentada na poltrona que já traz a marca do meu corpo, depois de tanto tempo, espero e quase desejo que tudo acabe ali. Desejo que tudo acabe ali, quantos aviões tiveram algum tipo de problema depois do pouso? Que sejamos os primeiros, eu não tenho medo. Se eu ficar aqui, não tenho que conversar com ninguém, e as respostas para todas as minhas perguntas vão deixar de ser necessárias. Se eu acabar aqui, muita coisa acaba junto, não tem mais falta de ar ou falta de sentido. Olho meus pés para perceber que estou balançando as pernas em ritmo e intensidade acelerados, as batidas altas e constantes que achei que vinham de outro lugar vêm das extremidades do meu corpo no piso do avião, as botas pretas insanas transparecendo minha aflição. Tento me conter, não gosto que me olhem como se precisasse de alguma coisa, sobretudo não agora, muita gente em pé, se amontoando perto de mim, e minhas pernas que não conseguem parar, e eu que não consigo parar, e minhas botas que não vão parar. Mas ninguém presta atenção em mim, apressados e isolados em seus mundos em que só se vive por um triz, contando os segundos para escorrer avião afora. Sem aviso prévio ou indício, todas as pessoas começam a sair, numa velocidade que me deixa sem reação. Passos acelerados na escada, a pressa de chegar, e eu sem saber o que me espera. Sem me dar conta, fico sozinha no avião, a tripulação me olhando em silêncio, preciso levantar antes que venham me perguntar se eu preciso de ajuda, eu não preciso de ajuda. Retiro com esforço a mala do compartimento superior, sabendo que meus pertences podem ter se deslocado. Vejo meu lenço de seda solto no fundo do bagageiro, tento esticar os braços para alcançá-lo e não consigo. Decido então que ele pode ficar, nada é tão importante ou urgente quanto sair desse avião, agora eu tenho pressa, sinto os olhos das aeromoças queimando minha pele. Olho para meu lenço numa despedida solene, o primeiro sacrifício de muitos, e vou. Agradeço à tripulação, que está, mas não se mostra, impaciente. E desço as escadas do avião, sozinha, as botas pretas encontrando pela primeira vez o concreto de uma outra época. Sinto no rosto o vento que não é diferente de outros ventos, mas a temperatura está mesmo boa. Entro no ônibus que só esperava a mim e que aqui se chama autocarro. Os olhos dos outros passageiros queimam minha pele gelada, deixando-me saber que não gostaram de esperar por mim. Chego com o pânico costumeiro de todo mundo que precisa passar pela imigração, mesmo quando você não fez absolutamente nada de errado.

Estás sozinha? Vens fazer o que aqui? Desconfio que toda brasileira que tenta entrar na Europa tenha que escutar essas perguntas. Respondo que tenho um pai português? Ou venho fazer turismo? Não tenho uma passagem de volta, porque não sei quando vou voltar, mas só agora percebo que isso pode ser um problema, eles não vão me deixar entrar. Eu volto. A verdade, a parte que sei dela, ou não? Posso ser uma turista como outra qualquer, ou posso ser Matilde, a filha de João Maria. João Maria é quem, João Maria de quê, quem lhe disse tudo isso? Conto a história, uso o meu celular para mostrar os e-mails de Pedro Cruz, as pernas tremendo como sempre, tremendo como nunca. Foi rápido, durou uma eternidade. Espero a mala vermelha, torcendo para que meus óculos estejam dentro dela e torcendo para que não haja ninguém me esperando ali e que tudo se solucionasse nessa ausência. Eu, que nem fumo, poderia fumar um cigarro agora. Pela falta que me faz o lenço, Beatriz ou Abel, alguém que me olhasse nos olhos e dissesse: calma, vai ficar tudo bem.

São duas portas de vidro que se abrem em duas rampas, duas opções de caminho. Na frente ficam as pessoas que estão esperando outras, com aquelas placas impressas em papel branco, os nomes para quem não se conhece. Pedro Cruz tem que estar ali, não sei como é sua cara, e a menos que eu seja muito parecida com meu pai, ele também não sabe como é a minha. Parada ali, sem querer atrapalhar a passagem de quem não precisa do outro para chegar, procuro desesperadamente o meu nome ou a ausência dele. Aperto os olhos míopes que não podiam estar desacompanhados para encontrar, escrito à mão, caneta grossa preta, na frente de um homem baixo, olhos fundos, olheiras que me deixaram preocupada, Matilde Belo Souza. Então é esse o nome dele. João Maria Souza, Matilde Souza, um sobrenome que não tenho, nunca tive, mas que ficou bem. Minha certidão não me diz isso, minha mãe nunca me disse isso, mas talvez eu seja mesmo Matilde Souza.

Sorrio para o Pedro Cruz, aceno, discreta, e caminhamos lado a lado: eu descendo a rampa, ele contornando outras pessoas e outras placas, para nos encontrarmos na curva. Estou apavorada, mas andar faz com que minhas pernas possam não tremer, eu devo parecer normal, assim, vista de fora.

– Oi, menina Matilde!

– Oi, Pedro, finalmente! Muito prazer, Matilde Belo! Matilde Belo Souza, não é?

– É isso mesmo. A filha do João Maria. É uma honra te ter aqui, ainda que as circunstâncias não sejam as melhores. Mas vai ficar tudo bem. Sempre fica, afinal.

Pedro me olha com tanto afeto que quase não vejo os olhos fundos, as olheiras, a expressão cansada de quem deve estar machucado por dentro. Portugal me recebe bem, e só assim consigo respirar melhor.

07

Ele dirige apressado, os olhos colados na estrada à frente, a fala perdida em amenidades e desimportâncias, como o clima, a chuva que demora a chegar, os dias de outono que ainda não emocionam. Ele evita tocar no assunto que me trouxe até aqui, não quer me falar de João Maria, contar-me a morte do pai. Mas alguma coisa na atmosfera daquele carro já me deixa saber que o Pedro vai ser o portador de muitas e indigestas notícias, é como se o ar ficasse mais pesado quando alguém está prestes a se tornar infeliz, mesmo que cercado de tanta beleza. Não sei como, mas tenho certeza de que ele tem algo muito importante a me dizer. Eu nunca mais vou ser a mesma, embora já não tenha certeza de quem sou. Talvez ele esteja esperando um momento mais solene, uma mesa de um bom restaurante, a noite deixando tudo mais sóbrio, austero, para, sentados um em frente ao outro, me dizer o que não sei. Pode ser que não diga nada, a menos que eu lhe pergunte, os olhos suplicando pela minha história. Ele sabe de alguma coisa, qualquer coisa que não sei, qualquer coisa que é muito minha e de mais ninguém. O silêncio de Pedro está me matando – e já temos mortes demais até aqui.

É uma longa e ampla autoestrada. Avançamos velozes como os outros carros, me sinto bem e a paisagem me agrada: uma vegetação rasteira, às vezes florida e às vezes não, com umas poucas árvores espalhadas a cada tantos metros, árvores com folhas verdes desbotadas ou quase ou totalmente amarelas, folhas que caem no chão para dizer que sim, o outono ainda vai emocionar, mesmo que Pedro Cruz não acredite. Sobreiros: ele me diz que as árvores predominantes em Portugal são os sobreiros. É assim que ele nos tira do silêncio louco que se impôs há não sei quantos quilômetros. São as árvores de cortiça. São anos e anos para que a casca nasça de novo, depois que o homem a retira. Ele fala "o homem" como se não fizesse parte dessa espécie, como que querendo se eximir pela violência imposta às tão belas árvores daquela estrada. Do meu lado esquerdo, atrás do perfil concentrado de Pedro Cruz, as mãos apertadas ao volante, vejo grandes moinhos de vento que me levam rápido a Dom Quixote, a lembrança mais batida ou banal, mas o que se pode fazer? Viajaremos por quase uma hora, ele explica; tenho a cabeça cansada de um voo longo que me exigiu demais, uma viagem que parecia interminável e infernal, os músculos doem de tanta tensão. Sempre sei, pelos músculos, quando estive em maus momentos, mesmo que não me lembre de muita coisa. Diante da calmaria, tudo me dói. Especialmente a nuca, os ombros e o peito. É tanta a tensão, o pânico e o pavor que contraem cada parte do meu corpo ao limite da exaustão. E, depois, claro, eles cobram a conta. Como agora, no banco do passageiro do carro de um desconhecido e enigmático português, que me leva para uma cidade que eu nem sabia que existia. Estou estranhamente calma. O corpo dói, mas o estômago fica quieto no lugar e o ar consegue chegar aos meus pulmões. A calmaria que precede a tempestade, o tronco descascado de uma árvore machucada.

Pedro me olha de tempo em tempo, curioso de mim, nervoso e calado. Ele deve ter uns sessenta e cinco ou setenta anos, talvez como João Maria, talvez fossem amigos de infância, há tanto que quero saber. Talvez João Maria tenha contado a

Pedro da brasileira que conheceu em uma viagem, de como ela era tão linda que parecia mentira. Talvez Pedro tenha nutrido um fascínio secreto por aquela Beatriz, sem mesmo conhecê-la, e tente agora encontrar os mistérios de minha mãe em mim. Ou talvez não seja nada disso e ele seja só o advogado designado burocraticamente pelo meu pai, quando ainda existia. Se é que ele existia, de fato. Não conheço meu pai e também não conheço esse homem que agora me conta que tem coisas muito importantes a me dizer, mas que só vai fazer isso nas condições ideais, que eu me acalme um pouco, tudo tem seu tempo. Quais são as condições ideais para empurrar as verdades para dentro do corpo de alguém? O que esse homem sabe de condições ideais para mim, se nem mesmo eu sei? O rosto tem poucas rugas, mas os olhos cansados não conseguem se esconder por trás de uns óculos de armação fina, aquelas lentes que ficam mais escuras quando se sai ao sol. Os meus, ainda não encontrei, tudo é névoa do lado de cá. Os cabelos são escassos e quase todos brancos, começando depois de umas entradas abruptas. É um homem pequeno, as pernas finas, a barriga imensa tentando engolir o cinto de segurança. Parece macio, o Pedro Cruz. As mãos, com os nós dos dedos bem marcados, apertam firme o volante, que parece um pouco descascado, mas pode ser só a falta de óculos. Eu desconfio que ele seja mais que um advogado. Ele parece um amigo, eu diria que tem carinho pelo meu pai. Ensaio frases que morrem antes de chegar à boca, insinuações de uma amizade que poderia ser. A cada tanto, viro meu rosto, mas me detenho na tensão de fazer qualquer comentário errado. Não tenho resposta para o que ele me disse, essa coisa de ter muito a dizer, mas não agora. Só tenho perguntas e, por isso, não digo nada. Assim, alternamos entre silêncios e amenidades, ninguém dizendo o que quer, cada um sendo como pode.

– Já vamos chegar. A entrada da cidade é uma coisa linda, acho que vais gostar.

Ele tem que repetir três vezes até que eu entenda do que está falando, eu já constrangida de tanto perguntar. Que língua é essa que não é a minha? Pedro Souza não parece ter dificuldades em me compreender, comento sobre isso e ele me diz que são as novelas.

– Aqui toda a gente vê as novelas brasileiras, já aprendemos a entender como falam os brasileiros, ainda que seja muito esquisito.

Pedro Cruz gargalha, a primeira vez de muitas que ainda viriam, nesse trajeto ou nos próximos dias. Nos sentimos bem diante de um assunto relevante, diante da possibilidade de uma conversa menos artificial que todas as outras. Talvez agora possamos ser nós mesmos e ele não precise apertar tanto os dedos no volante.

– E qual é a novela que vocês estão assistindo agora?

– E eu por acaso tenho tempo para novelas, Matilde?

Gargalha. Eu gargalho também. Um som amigo que ecoa dentro daquele carro que corre apressado na autoestrada, os sobreiros que continuam com a gente. Eu conto que também não tenho tempo para isso, mas que sempre assisto aos últimos capítulos, quando consigo entender quase tudo o que aconteceu nos meses anteriores. As novelas não exigem muito da gente, não é? E adoro os casamentos, todo aquele choro, as grávidas que sempre aparecem, para além de todo o suspense e revelações tão dramáticas quanto a vida. Pedro parece não acreditar, e diz que eu não tenho cara de quem gosta de televisão. Não gosto mesmo, mas Beatriz passava as noites sentada no sofá da sala, trabalhando em algum projeto, enquanto escutava os diálogos da novela das oito. Ela sempre foi muito boa em fazer várias coisas ao mesmo tempo, e as novelas eram uma presença diária em nossa casa. Jantávamos com aquelas pessoas da televisão, convivíamos com histórias que estavam distantes da nossa realidade, mas isso não importava. Os últimos capítulos sempre foram um pretexto para eu estar mais perto dela, mas não vou dizer ao Pedro, acho que ele não entenderia, e não temos a intimidade necessária.

Foi em um dos silêncios que a cidade se mostrou, logo depois de uma curva na autoestrada, os muros imensos defendendo tudo, há tanto tempo. A chegada é mesmo linda, com a muralha imponente, protegendo não se sabe o quê por trás. Pedro indica com o pescoço que é ali a minha casa pelos próximos dias, que já estamos nos aproximando do meu hotel e de tudo mais que eu quiser. Ele sorri. Não falamos mais. Eu, extasiada com a paisagem, com a casa de meu pai, com as origens de uma vida que insiste em acabar, e ele, satisfeito porque tinha razão, eu ia gostar.

Pedro estaciona em uma rua de pedra, íngreme e traiçoeira, e eu tenho certeza de que o carro enorme daquele homem tão pequeno não vai parar ali. Como seria ridículo se eu viesse até aqui só para morrer também. Desço apressada, com medo dos freios, e espero do lado de fora pelas últimas manobras. Pedro Cruz sabe o que faz, ele já conhece cada lodo em cada uma daquelas pedras, não tem o medo que eu tenho. Ele me ajuda com as malas, os braços fortes não deixaram a idade chegar. Penso no meu pai e em como ele seria, gentil assim, forte assim?

– Desculpa por não poder te colocar dentro de casa, Matilde. Não temos mais um quarto, e acho mesmo que vais ficar mais confortável aqui.

Respondi quando entendi. O hotel parece ótimo, Pedro, e eu não queria trazer transtorno a ninguém. Não falei, claro, da parte em que amo minha intimidade e um quarto vazio e escuro só para mim. Nos despedimos com um abraço meio desajeitado, tanto por dizer.

— Olha, menina, é bom que descanses um pouco. Podemos jantar hoje, te busco às nove, o que achas?

— Fica ótimo assim, Pedro. Obrigada por tudo.

O hotel era honesto e discreto. Não fosse por uma placa pequena e desbotada na porta, passaria tranquilamente por mais uma residência charmosa na cidade. Enquanto esperava pelos procedimentos de *check-in*, eu tentava imaginar o que tinha sido aquele estabelecimento antes: a casa de alguém muito rico que podia dormir sem medo, uma vez que dentro das muralhas? Sim, a vila toda é cercada por muralhas imensas e imponentes, e não me lembro de já ter visto qualquer coisa parecida com isso. A interação com o recepcionista é insignificante, só preciso da chave e da senha do Wi-Fi, tanto a falar com tanta gente. Meu quarto, como todos os outros, fica no andar térreo, uma cama de casal menor do que eu gostaria, uma decoração sem muita personalidade ou história, só quadros e móveis desbotados que não têm a força ou os sentidos ocultos do resto da cidade. Uma cortina bem fina, quase transparente, tenta sem sucesso cobrir a luz que vem de fora, de uma varanda que acaba em um jardim comum. Só agora consigo entender que o estabelecimento se fecha em um espaço redondo, gramado, com um lindo pé de peras no meio. Todos os quartos têm portas para chegar ali. Penso se meus vizinhos de hospedaria já experimentaram uma das peras, que parecem deliciosas. Penso também que deve ser possível ver quase tudo pelo lado de fora, que aquela cortina é quase transparente e sequer engana em sua função de proteger uma intimidade. Depois, não penso em mais nada. Até pego o celular para dar notícias a quem me espera, mas é rápido demais o meu fechar de olhos. Tiro as botas, puxo a coberta do outro lado da cama, viro um casulo de mim. Não é frio, mas é assim que se dorme. Durmo.

Um sono agitado, a toda hora me lembro que preciso avisar a Abel que cheguei, que estou bem, contar de tão bonitas muralhas. Eu tenho que saber do João Maria, não vim aqui para dormir. Penso na minha mãe, penso no meu pai, imagino como seriam os dois juntos. Penso no Pedro e na gargalhada gostosa de quando falamos da novela. Na aeromoça que viu que eu não estava bem, talvez até antes de mim. Durmo, mas uma parte de mim segue atenta. Tenho a lucidez de que o que se passa no meu subconsciente não são sonhos. São mais como fragmentos de memória e imaginação, e, enquanto eles me enchem a cabeça, sei que estou dormindo, sei onde estou e sei também que se dormisse profundamente acordaria mais descansada. As horas vão passando assim, e eu acreditando que, se não abrir os olhos, uma hora o sono profundo que procuro me alcança. Mexo um pouco, o cobertor embaixo e por cima de mim, o quarto cada vez mais escuro, sinto frio, mas se me levanto, eu desperto, e ainda preciso descansar. Já é noite quando aceito a derrota e abro os olhos, ainda exausta. Sentada na cama, os pés gelados recém colocados no chão, a vista passeia, tentando reconhecer aquele quarto que é muito novo para mim. Onde estão os meus óculos? Meu coração acelera de susto, a silhueta de um cachorro imenso surge do lado de fora, na minha varanda, no jardim de inverno de todos nós. Ele é imenso, e parece não se mover. Não é que ele esteja parado em qualquer lugar no gramado, está na minha varanda, e pela contraforma projetada na cortina, diria que está olhando para dentro do quarto. Acendo a luz, visto o casaco (está realmente frio, e era tão agradável quando cheguei) e corro a cortina. Ele está mesmo olhando para mim e parece não se assustar com o movimento. Na verdade, era como se esperasse meu despertar. Um cachorro preto, um labrador com algum traço de vira-lata (ou o contrário), o pelo brilhante e os olhos profundos colados em mim.

Preciso ir até lá, e, já quando começo a abrir a porta, percebo o abanar de cauda, sensação tão familiar e agradável, é bonito isso de como os cachorros não conseguem esconder os sentimentos. Me sento numa cadeira de metal na minha varanda, e o frio me alcança pelos tecidos finos que escolhi para viajar. Naquele território demarcado pelo chão de pedra, fica implícito para todos os hóspedes que a grama é terra de todos e de ninguém, mas que o pedaço calçado é de cada um. Há tanto tempo não vejo um cachorro. Se está no meu espaço, ele é meu? Gostaria que sim. Ele se aproxima devagar, ainda um pouco desconfiado, estico as mãos para que possa farejar, as palmas apontadas para baixo e os punhos levemente caídos. Minha mãe me ensinou que é assim que mostramos respeito, que deixamos o animal saber que não lhe faremos mal. Ele chega com as orelhas baixas, mostrando que também não me ameaça, ainda que os dois saibamos que os dentes que guarda são capazes de me machucar em tantos níveis. Um rápido afago na cabeça e ele já se deita aos meus pés, um cachorro bonito, pesado, aquecendo aquele pedaço do meu corpo que precisava mesmo de proteção. Ele gosta do carinho, o corpo se mexe para encontrar a melhor posição para aquela interação, até que para de barriga para cima. Não conheço um cão que não goste de carinho assim. Ele pesa nos meus pés, a coleira diz Bitoque, que é um nome realmente simpático. Tem um número de telefone também, mas ele não parece perdido, acho que não preciso ligar. A tela do meu celular diz que são dezoito horas, demoro a entender se é o horário do Brasil ou o meu novo, mas logo percebo que estou atrasada, o Pedro chega às vinte e uma e já são vinte. Malditas tecnologias que sempre me deixam na mão!

Me despeço de um cachorro que já tomo como meu, volto ao quarto e ele volta à espreita: outra vez sentado, impassível, os olhos pretos na cara preta olhando para mim. Eu já gosto desse cão. Tomo um banho rápido, não gosto que fiquem esperando por mim. Mando uma mensagem para Abel, digo que estou bem, que conversamos com calma depois. Falo também no Solário, mando um e-mail pedindo notícias de Beatriz. Espero por Pedro encostada na parede do hotel, imaginando o tanto de história aquele espaço já viu. Meus olhos de turista tentam convencer meu coração de órfã de que está tudo bem. Ao inferno que está! Ele chega sorrindo e me abraça apertado, a barriga macia espremida dessa vez em suspensórios vermelhos, parece que somos amigos, uma intimidade que nasceu nas poucas horas de ausência, naquele sono inquieto que tive até pouco tempo atrás. O que será que ele fazia enquanto isso? O Pedro Cruz me diz que vamos a um lugar ali perto, uma caminhada agradável. Eu concordo, batendo os dentes de frio e torcendo para que cheguemos logo a um lugar aquecido. Ele comenta que essa temperatura é muito atípica para a época, brinca que eu cheguei trazendo um inverno precoce. Fico remoendo essas palavras enquanto Pedro vai me contando a história da cidade, mostrando seus lugares preferidos e aqueles que os turistas adoram. Eu não quero ser inverno na vida de ninguém. Não demora e já estamos sentados em um lugar charmoso, bem quente, e antes que possamos falar qualquer coisa, o garçom já traz pães, azeitonas, um queijo. É quando percebo que tenho muita fome, não sei quanto tempo faz desde a minha última refeição.

— E então?

Pedro faz a mesma pergunta que Lilian. Sentados de frente um para o outro, é como se eu fosse iniciar mais uma sessão de terapia. Mas hoje não quero falar, quero ouvir. É por isso que não respondo, coloco um sorriso no rosto, que é o meu jeito de dizer que ele precisa continuar falando.

– Seu pai era um homem bom, Matilde. A gente se conhece desde a vida toda, nascemos os dois aqui nesse fim de mundo, e tudo o que tínhamos para fazer era envelhecer juntos, acompanhando as histórias um do outro.

Tento disfarçar, mas tenho ganas de saber mais. Me entretenho com o pão, o azeite, as azeitonas, só para que Pedro Cruz possa pensar que essa é uma conversa amena, informal, e não o dia mais importante da minha vida. Ele me conta que se conheceram no colégio, um dos três da cidade, aquele que não era nem para onde iam os meninos ricos, nem onde os pais largavam as crianças impossíveis, que não se podiam ter em casa. Pedro Cruz viu meu pai abrir sua primeira oficina mecânica, quando nem era um adulto direito. Se afastaram somente quando meu pai resolveu viajar, juntou o pouco que tinha e foi embora, ele tinha um gosto pela errância, diz o amigo.

– Me mandou uns postais dessa época, vou procurar para te mostrar. Estava sempre muito alegre, apesar de tudo o que você ainda há de saber.

– Deve ter sido quando ele conheceu a minha mãe.

– Foi, sim. Sua mãe era linda, Matilde, vocês duas são bem parecidas.

Minha pressão baixou, ainda que eu estivesse com a boca cheia de azeitonas. O coração bateu mais rápido, e eu podia sentir um fio de suor na nuca. Aquele homem na minha frente falava da minha mãe, e podia ser só uma brincadeira, mas podia não.

08

Não sei quem é essa pessoa me olhando no espelho. O rosto vermelho de vinho, os lábios ressequidos de frio, o coração apertado de tudo. A cabeça pesada de cansaço e de tanta coisa que me foi dita, um medo paralisante do passado e do futuro. A ressaca depois da tempestade. Pelo espelho, eu via também que Bitoque dormia encostado no vidro, encolhido como são todos os cães quando sentem frio. Tanta coisa acontecendo e ainda o cão, que quase treme perto de mim. Um cão que não é meu. Caminhei apressada até a recepção, não me irritava a presença de um cachorro, mas me doía o fato de ninguém buscar por ele, e, como eu, Bitoque sentia frio. Atrás do balcão, um jovem sonolento e com cheiro de cigarro, que disfarçava o tédio girando umas moedas na mão. Ele mal levantou os olhos diante dos meus passos pesados, ou da minha postura belicosa ali, bem perto dele.

– Olha, tem um cachorro na minha varanda. Ele parece com frio.

– Ah, sim, é o Bitoque. A senhora fique sossegada, ele está ali porque quer. Atrás da cozinha, na entrada da despensa, ele tem casa, comida e coberta, tudo de qualidade para esse mal-agradecido.

Sem muito o que dizer, caminhei de volta para meu quarto, bastante perdida. Todas aquelas portas e caminhos possíveis para chegar em um único lugar, um quarto de hotel, o espaço que, gostasse ou não, era tudo o que eu tinha agora, mas por quanto tempo? Foi uma noite difícil, uma conversa para a qual, a vida inteira, ninguém me preparou. Pedro Cruz despejou em mim um volume tão grande de histórias, verdades e medos, que sei que vou levar ainda muito tempo para entender e digerir. Não vai ser essa noite, quiçá algum dia. São essas coisas que nos dizem de repente e que deveriam ter sido prescritas em doses homeopáticas, para que se pudesse absorver cada pedaço do jeito certo, na calma e na sanidade que esperam da gente. Eu, que não tinha um pai a vida inteira, tenho agora um defunto que não é qualquer pessoa, mas um homem com nome composto, sobrenome, posses e, claro, muito drama. Não fosse assim, não seria o meu pai. Não fosse assim, seria a vida e a morte de uma outra pessoa. Pelo menos não estou sozinha. Lembro que, se Bitoque está na porta do meu quarto, é porque quer. E se ele quer estar ali e eu também quero que ele esteja, a gente começa a criar um tipo de vínculo, uma amizade, uma coisa de pertencimento que só quem gosta de cachorros pode entender. Talvez um cachorro pudesse tornar as coisas mais fáceis na minha casa. Quando foi que me afastei desses bichos, da sua lealdade, dos pelos que caem pelos cômodos como que deixando mensagens e da completa ausência de senso de ridículo, que pode deixar tudo tão leve e quase feliz? É frio lá fora e aqui não, agora que já sei como usar o controle do aquecedor. Abro a porta e nem preciso dizer nada, o cão imenso e preto de antes continua igual, mas mais perto de mim. Estendo uma toalha no chão, para que ele saiba que é ali que pode estar a noite toda, se quiser, ou enquanto houver confiança. Só espero que a dinâmica das necessidades fisiológicas dele não seja sofrida para mim, que eu não acorde com surpresas e o cheiro azedo das entranhas de um cão. Se eu dormir, que ele durma também. Se eu esquecer, que ele faça igual.

Com as costas apoiadas na cama, sentada no chão, protegida pelo quarto aquecido e pelo meu novo cachorro, as mãos correndo macias no pelo bonito de quem não tem problemas na vida, eu tentava repassar toda a conversa, que ficou intensa ainda nas azeitonas que serviam de entrada. No fim, de algum jeito eu estava certa: Pedro sempre foi muito mais que um advogado burocrático do meu pai, eram amigos, sabiam muito um do outro e sabiam mesmo de mim. Pode ter sido todo o vinho também, o álcool e as verdades se unindo contra minha sanidade, e eu me sentia incapaz de coordenar tantas informações, de juntar tudo em uma linha de raciocínio que me deixasse confiante ou tranquila por estar ali. Aquela versão do meu pai, eu nunca teria imaginado. Queria voltar para casa, para Abel, deitar a cabeça no colo da minha mãe, sentir as unhas dela raspando de leve o meu couro cabeludo, num carinho que era nosso há tanto tempo, e que eu já não sei como é, de tanta saudade. Minha mãe não me toca mais e meu pai está morto. Pedro diz que a morte dele foi uma coisa triste, um vazio tão repentino na cidade, um silêncio que ainda incomoda toda a gente. Ele estava bem de saúde, forte e ativo como sempre fora, o corpo firme e bem composto de um trabalhador dedicado e constante, esperando as horas passarem na sua oficina, na saída da cidade, dando ordens para os dois miúdos que ficavam com ele, se esforçando a todo instante para mostrar que era um homem comum. Era um dia qualquer, suarento e abafado como são os verões por aqui, tudo corria bem, e João Maria podia sair para almoçar, nada de importante aconteceria naquela oficina nas próximas horas, ele já conhecia a dinâmica. A cidade vive rigorosamente para a manhã: depois de duas da tarde, nada mais acontece. Exceto turistas que trafegam em alta velocidade em ruas residenciais, que ignoram as placas e correm na contramão, que não enxergam ou não se importam com o homem que tenta atravessar a rua, cheio de razão e de vida.

Ele não morreu na hora. Ficou inconsciente, agonizante, perdendo o sangue e a vida enquanto os dois meninos não sabiam o que fazer. Dizem que o motorista demorou longos minutos até sair do carro. Dizem também que ele ofereceu algumas notas de cem euros para que os meninos abrissem caminho e deixassem que ele seguisse viagem, o carro alugado, dezenas de compromissos adiante, muito a se fazer, o que incluía explicar à locadora o estrago na lataria, um bicho que atravessou correndo mas ninguém se machucou. Sangue não haveria, passariam em um posto, ou eles mesmos jogariam uma água para evitar mais perguntas. A ambulância vinha de fora e, por isso, demorou mais do que gostariam todos que estavam ali. Quem chegou rápido foi o prefeito, que se entendeu com o motorista em uma conversa que ninguém mais ouviu. João Maria foi colocado numa maca móvel dentro da ambulância, os meninos segurando sua mão, enxugando a testa que guardava muito suor ou só chorando, a oficina aberta e vazia e silenciosa e desesperada, a rua de pedras vermelhas e brilhantes. Se alguém olhasse de perto, veria o sangue acumulado nas reentrâncias dos seixos, poças espessas que só podiam anunciar um fim.

Eu assisti à morte do meu pai dezenas de vezes naquela noite. O Pedro me deu uma foto dele, então eu já tinha quem colocar na frente do carro, desavisado e inocente. O carro era preto. Meu pai, como eu já devia saber, era alto.

Minha noite foi um inferno, o aquecimento me fazia suar, mas sem coberta eu tremia. Uma febre nova para um corpo ao qual não faltavam mazelas. De olhos fechados, eu só via a morte; de olhos abertos também. O cão parecia não se importar com minha aflição, de tempo em tempo levantava a cabeça, conferia o volume inquieto do meu corpo na cama e voltava para o sono tranquilo de quem é inocente. Eu tinha pensado que o vinho me ajudaria a dormir, costumava ser assim, mas não ali, não depois de Pedro ter me dito tudo o que disse. Ele pediu desculpas, e eu podia ver nos seus olhos, atrás daqueles óculos tão frágeis, que estava sendo sincero. Em seu lugar, eu também não gostaria de ser o portador de tantas e tão vigorosas notícias. Meus óculos, não sei onde estão.

Meus pais se conheceram na praia, ambos de férias, e não em uma metrópole, como sempre imaginei. Sim, pensando agora, minha mãe nunca me disse que foi uma viagem de trabalho. Eu que decidi assim, porque aquela era a Beatriz para mim, uma mulher dedicada, competente, que ganhava o mundo com talento e articulação. Foi na praia, lá mesmo no Brasil, quando João Maria vivia um mundo novo, mochila nas costas e uma impaciência enorme com suas origens, uma irrequietude que sempre existira mas que nunca antes o havia levado a lugar nenhum. Talvez fosse o começo dessa irrequietude que ainda ia crescer, se transformar e machucar muita gente. Mas ninguém podia saber ainda. Pedro achava que já estavam velhos demais para uma aventura assim e se negou a deixar para trás o trabalho, que ia bem encaminhado, clientes de todo o distrito procurando por ele, e a família, que começava e também ganhava força, uma boa mulher, uma boa casa, só lhes faltavam os filhos. João Maria ainda não tinha formado uma família, apesar da idade avançada, naquele tempo esperava-se que os homens se casassem com seus vinte e poucos anos. João Maria já tinha trinta e dois e ainda nada. O que significava, também, que não havia o que o segurasse aqui, os negócios iam bem, a oficina sobreviveria três ou seis meses sem ele, aquela cidade começava a sufocar e João Maria estava esquisito, e eles se conheciam tanto. Toda a conversa foi orientada pelos olhos marejados de Pedro Cruz e pela sensação que me queimava a pele de que havia ainda muito a ser dito. Cada frase me tirava do lugar e parecia despertar nele um mundo de lembranças, toda a culpa que elas sempre nos trazem.

Não me lembro de ter dormido nessa que foi minha primeira noite ali. Tenho certeza de que passei cada um e todos os minutos acordada, analisando os fatos, tentando colocar sentido nas partes que não tinham, observando os pedaços do meu pai serem levados incontáveis vezes. Sei que não dormi. Meu corpo cansado, os olhos pesados e aquela angústia crescente também comprovam isso. E o medo. Conhecer meu pai, mesmo que através das palavras apressadas do Pedro, significa ter que lidar com dezenas de traços e heranças genéticas que podem agora ser meus, e eu tenho medo de ser como ele, embora já tenha percebido que somos mais parecidos do que podia imaginar. Afinal, minha inquietação e meu desconforto tinham mesmo que ter vindo de algum lugar. A sensação constante de não se pertencer, minha e dele, mas não de Beatriz. Sei que não dormi. Não me lembro, entretanto, de ter me levantado para buscar o retrato do meu pai na bolsa. Mas foi ele a primeira coisa que vi quando resolvi que já era hora de me levantar, que aquela cama já tinha me dado tudo o que podia, o que não era muito. A fotografia estava na mesa de cabeceira, encostada na base do abajur, que também não me lembro de ter ligado. Era um João Maria jovem, óculos escuros imensos na cara sorridente, a barba volumosa e o cabelo comprido. Usava umas calças de veludo bordô, uma camiseta bem curta, que deixava entrever um pedaço de pele da barriga entre as duas peças de roupa. Era um desleixo gracioso, e me arrisco a dizer que tinha sido calculado. O sol deixava a cena bonita, coloria o muro branco atrás dele. Do lado direito, uma porta de madeira pintada e flores, muitas flores, buganvílias num tom de rosa vivo e intenso, combinando, mas não muito, com a cor da calça. Era, definitivamente, uma dessas fotos antigas que nos fazem pensar em como tudo era mais bonito, até mesmo as cores. Parecia um editorial de moda, mas era só o meu pai, num dia bom, em casa, no olhar poético do amigo Pedro Cruz. Ou pelo menos é o que me parece, meus óculos têm que estar em algum lugar.

Antes que eu me levantasse, Bitoque já estava de pé, a cauda se sacudindo frenética, a cabeça apoiada no meu colo, o nariz úmido de um bom cão. Meu Deus, esse cachorro. Deve ter feito xixi aqui dentro, tem fome, que merda. Como é que fui capaz de deixar o animal preso, ignorando todas as suas necessidades e vontades? Nos olhamos, eu pedindo desculpas e ele desconsiderando qualquer coisa que não fosse a mão para lhe afagar a cabeça, até que eu tivesse forças para abrir a porta da varanda, para onde ele foi sem reclamar. Eu sabia que nos veríamos em breve. O quarto estava limpo, ele teve uma noite melhor que a minha, ele era bom. Uma fome absurda toma conta de mim, o vazio no estômago ecoando pelo resto do corpo, o relógio diz que ainda posso tomar o café da manhã. Parece que agora vai ser assim, eu só vou comer quando meu corpo implorar por qualquer coisa que o ajude a ficar de pé. Não sei quando foi que comecei a me esquecer de comer. Olho para o grande espelho pendurado na parede, acima da cômoda que fica de frente para a cama. A moldura dourada descascando em um ou outro ponto. Encaixo ali, entre o vidro e a madeira, a foto do meu pai, prestando atenção plena a todos os movimentos, para não me esquecer deles depois. Ali, João Maria ficava na altura dos meus olhos, emoldurado pelo resto do quarto, que era muito igual a todo o resto da cidade dele.

Pedro tinha compromissos fora e pediu que eu aproveitasse para descansar. Era como se ele soubesse que eu não dormiria à noite, mas nem ele podia imaginar que talvez eu não dormisse nunca mais. Eu tinha fome para o café da manhã, ou, tão mais afável e sonoro, pequeno almoço. Para além das expressões que toda a gente conhece, como essa, o meu primeiro dia em Portugal já me permitira saber tantas outras palavras que estão na língua deles e não na nossa. Combinações tão bonitas que eu ansiava por poder usar em algum trabalho, dando mais charme e personalidade para as minhas traduções. Depois do jantar com Pedro, também, eu já quase podia dizer que entendia português – minha cabeça doía, mas eu já sabia como entender aquelas pessoas que insistiam em falar a minha língua, do jeito delas.

Eu tinha dois caminhos possíveis para alcançar o salão: sair pela varanda, atravessar o gramado e entrar pela porta de correr, que era de vidro e já me deixava ver as mesas de café da manhã, ou dar a volta por dentro do hotel, num meio círculo que me levava exatamente ao mesmo lugar, com outras portas e entre paredes. Atravesso o jardim na ida, passo por dentro na volta, assim vou conhecendo melhor os detalhes da minha nova casa, por quanto tempo? O pequeno almoço é simples, mas me cai bem. O salão estava vazio, e eu só via um casal que conversava baixo e uma senhora que lia o jornal. Nada mais, nem Bitoque, que era tudo o que eu tinha ali.

Na volta, passo alheia e cansada pela recepção. A falta de sono não me faz bem, mas ela é a menor culpada em um contexto muito mais complexo. Demoro a perceber que falam comigo. É um outro homem, também jovem, e, por alguma razão, ainda que não sejam parecidos fisicamente, sei que ele é irmão do da noite anterior. Talvez seja um negócio familiar, talvez sejam ambos filhos do homem que fez o meu *check-in*, cuja cara não tenho a menor ideia de como seja. Não gostei do de ontem, não gosto desse também. O cheiro de cigarro era o mesmo, a atmosfera apática idem.

– És a mulher do 12, pois não? Deixaram isso aqui.

Olhei o chaveiro na minha mão antes de confirmar que eu era a mulher do 12. Eu estava ali há pouco tempo e ainda não havia aprendido o meu novo endereço. Era o 12. Não precisei perguntar de quem era a entrega. Tudo o que eu tinha era um cachorro que nem era meu e Pedro, que deve ter passado por ali antes de deixar a cidade. Um envelope pardo, desses do tamanho de meia página, o conteúdo pequeno dançando lá dentro. Eram os postais, por certo, ele falou qualquer coisa sobre isso na noite anterior, na noite em que me contou, com detalhes, sobre a morte do meu pai, sobre as inquietações e todo o desconforto do homem que ele jura que me amou. Eu não tenho certeza, mas pode ser que, em algum momento da noite, eu tenha contado do dia em que quase morri – eu adoro contar essa história. Me afastei depressa do balcão, caminhando aflita pelo pouco espaço que faltava para chegar ao meu quarto, eu não podia abrir toda a minha intimidade naquela recepção, perto de gente tão estranha, longe do meu pai. Ele me esperava no espelho, eu sabia.

Eram três postais. Na frente, não mudava muita coisa: fotos de praias brasileiras, a estética dos anos setenta, uma orla movimentada de gente e carros muito coloridos, os coqueiros, o mar. No verso, meu pai. Ele tinha traços firmes, escrevera todos os três com a mesma caneta preta, o que despertou em mim um afeto desmedido. As palavras demoraram a aparecer, fiquei ali olhando aqueles traços, invadindo memórias do meu pai, conhecendo tudo o que podia, tudo o que ainda dava tempo. Eu olhava para aquelas letras, os pingos nos is que eram bolas quase do tamanho das letras, e achava tudo tão verdadeiro e cheio de personalidade. Pedro, só digo que estás a perder. Saudades tuas. Um beijinho em Rute. Do João Maria. Pedro, meu caro, toda a gente é feliz aqui. Eu também estou. Um beijinho em Rute, já esperam o meu afilhado? Do João Maria. Pedro, Pedro, Pedro. Não sei se volto, por que não vens? Traz Rute, não tem lugar melhor para se fazer um filho. (São só brincadeiras.) Do bronzeado João Maria.

Esta era a ordem cronológica: janeiro, fevereiro e junho de mil novecentos e setenta e sete. Esse era o meu pai, soando mais feliz e bem-humorado a cada correspondência. Depois era eu, nascendo uns oito meses depois do último postal. O que falava dos filhos.

09

A intensidade dos acontecimentos sempre afeta nossa percepção temporal. Pelo menos a minha. Você vive um monte de coisas marcantes, e isso parece uma vida porque, de certa forma, é. Ou os dias passam arrastados porque nada acontece nem vai acontecer tão cedo, porque tem fases em que a vida é mesmo muito monótona, previsível e quase insuportável. E o tempo muda como quer, como quase tudo no mundo. E eu só acho que entendo porque são muitos anos de vida e muita coisa que já me aconteceu e não é fácil ser Matilde, estar dentro de mim. Por isso gosto de acreditar que já aprendi muita coisa, mas tem horas em que percebo que não. Como agora. Parece que faz meses que estou aqui, de certa forma já me sinto parte de um espaço que me era inédito há nem vinte e quatro horas, mas foi tanto o que me aconteceu. É como se eu conhecesse cada pedaço dessa cidade que ainda não vi e tudo o que faz parte dela, a começar por este quarto de hotel, com seus detalhes tão bobos. Vejo agora, quando as cobertas e o lençol escorregam para o chão, uma cena improvável, uma coisa poética, poesia do absurdo. Perto da cabeceira, do lado esquerdo da cama, escritas em caneta porosa no colchão, as palavras primavera e outono. Primavera barra outono. Na diagonal oposta, é verão e inverno. Um colchão que parecia querer dizer alguma coisa, mas que é só uma indicação para a camareira de quando é hora de virá-lo, para garantir que o sol acabe com os ácaros e queime aqueles pedaços de pele morta dos hóspedes anteriores, que atravessaram sem medo as fibras do lençol. Arrumo a cama pensando nisso, porque eu não conseguiria estar em um cômodo onde a cama ocupa tanto espaço e é uma bagunça. Um pouco de ordem na vida, o tecido branco escondendo aquele pequeno segredo orientado pelas estações do ano. À foto do meu pai, juntei os três postais que Pedro me deixou, e agora a moldura dourada do espelho me lembra um quarto de adolescente, cheio de uma necessidade de criar vínculos e histórias tão inesquecíveis quanto improváveis. Não sei se é possível criar vínculo com gente morta, mas esses papéis já meio antigos e desbotados são tudo o que tenho para me lembrar as razões de estar aqui.

Eu acredito no que o Pedro me disse ontem, não tenho outra opção. Fosse para duvidar, eu nem saía de casa, continuava imersa em um projeto que já consumiu tantas horas da minha vida. E tem a foto, os postais, os olhos molhados dele durante toda a conversa, que fazem com que seja impossível duvidar de qualquer coisa. Tem ainda muito a ser dito, a história faz pouco sentido e foi bruscamente interrompida pela minha falta de ar. Preciso que Pedro me ajude a preencher as muitas lacunas, as que já existiam e as que nasceram aqui. Ele disse que vai, prometeu me contar tudo no tempo certo, mas quer que eu vá devagar, para poder digerir o que é novo da melhor forma possível. É como se ele soubesse. É como se tentasse me oferecer a calma que me falta, que sempre me faltou. Eu ainda não sei se Pedro quer cuidar de mim, do meu pai ou de qualquer outra coisa, e nem sei se são opções excludentes, talvez não. Agora, neste quarto tão clichê quanto uma filha em busca do pai, penso que é muito conveniente que ele tenha que deixar a cidade justo hoje, no primeiro dia em que amanheço aqui. Mas ele não parece o tipo que foge das suas responsabilidades. Pedro Cruz não é Matilde. Ele já me deu uma história, um pouco incompleta, mas bastante para pensar. Só não sei se essa história é uma versão melhor ou pior que a anterior, a de todos os anos em que eu não tinha um pai e era só isso. Precisei de muito tempo para aceitar que meu pai era qualquer pessoa, que ele nunca apareceu porque não sabia de mim e que Beatriz só fez isso porque não sabia onde encontrá-lo. E agora, é tudo, menos isso. Meu pai é alguém debaixo das rodas de um carro, alguém que foi muito mais que só uma noite para a minha mãe – mesmo que ela não se lembre.

Falo com Abel, porque é isso que se espera de mim e também porque tenho saudade, já faz tanto tempo que estou aqui, afinal. Algumas poucas mensagens, me esforço para soar calma, lúcida e carinhosa, enquanto sei que ele faz o que pode para compreender a intensidade de tudo o que eu digo. Não há resposta ao meu e-mail, ninguém para me dizer como Beatriz está no Solário, e por isso peço que Abel ligue lá e reforce a importância de checarem os e-mails todos os dias, não é barato estar ali e seria útil que as pessoas compreendessem as particularidades de cada paciente, como Beatriz, que tem uma filha ausente e toda a ironia que isso carrega, mesmo que ela já não entenda, mesmo que ela já não sorria. Eu disse isso dezenas de vezes antes de viajar, eu expliquei, eu pedi que me dessem notícias, que falassem comigo, que não me deixassem longe dela, e agora preciso pedir um favor ao meu namorado, deixando ele saber que não consigo resolver tudo sozinha, permitindo que ele se envolva em uma parte da minha vida que até então era muito íntima e reservada. Ele diz que vai, ele é bom, o Abel. Mas ficou no Brasil, porque eu pedi, e eu estou aqui. Num quarto novo, meio escuro em plena luz do dia, um pouco empoeirado, o cheiro de mofo que parece fazer parte da estrutura da casa desde que ela foi concebida, aquelas fotos no espelho, as praias do meu país me olhando como se querendo saber o que vou fazer, a ausência de Bitoque, que deve estar onde a sua cama de verdade está, tudo sufocante e soando tão errado. Uma febre, e o suor que vem junto. Tudo me diz para sair, para dar uma volta na cidade pequena que é de João Maria, para procurar respostas ou alívio ou talvez mais dor, porque eu também sou boa nisso. Pedro Cruz está resolvendo assuntos fora, ou pelo menos é isso o que ele diz, então hoje sou eu e mais ninguém. Então eu vou. O homem da recepção, o mesmo de antes, com a mesma falta de sorriso e empatia, parece não se importar, faço com a chave do quarto o que eu quiser:

– Leva contigo, se quiseres, deixa aqui se preferires. É tudo igual.

É tudo igual para ele, mas para mim a sensação é de que a vida nunca mais vai ser a mesma. Eu preciso respirar um pouco, mas isso também é algo bem difícil de fazer no frio, com o vento cortante que quase me faz mudar de ideia. O outono mal chegou, mas a cidade se comporta como se já fosse inverno. É como se essa vila quisesse dificultar tudo para mim, ou talvez me mostrar que sou mais forte do que pareço ser, que meu corpo pode aguentar ainda muita coisa. Não sei qual é a mensagem que essa cidade e esse tempo têm para mim, mas a minha para eles é muito clara: eu não me importo. Que neve! Que chova! Que o mundo se acabe em mim! Ainda que eu não admita, saio em busca da antiga oficina do meu pai. Pedro não disse onde é, eu também não perguntei, mas não deve ser longe daqui, nada é longe em um lugar desse tamanho. Talvez, olhando bem para as pedras no chão, eu consiga encontrar o sangue de João Maria e saber exatamente onde foi que ele morreu. Isso me ajudaria na hora de reviver o atropelamento, pela décima, pela centésima vez. Com o cenário real, a morte do meu pai me deve doer mais. E não é isso que eu quero?

Faz frio, mas as flores resistem. Todas ou quase todas as casas têm umas buganvílias corajosas e muito floridas, dessas que sobem até o telhado ou onde houver parede para que se apoiem e cheguem mais longe e nunca parem de crescer. Dessas que se insinuam, abusadas, dizendo que você pode olhá-las, tocá-las, até tirar um ou dois ramalhetes, mas nada vai ser suficiente para diminuir sua beleza, como naquela foto do João Maria. A cidade é alegre, como se já tivesse se esquecido da morte do meu pai, como se um luto tão curto fosse o bastante para tudo o que se passou aqui. A cidade não me entende, é dessas que superam com facilidade, enquanto eu sou rancorosa e não me esqueço de nada.

Talvez o que eu mais tenha gostado até agora seja a impossibilidade de me perder por aqui: são duas ruas paralelas, que atravessam a cidade de um lado ao outro, e pequenas vielas perpendiculares, sete ou oito, o calçamento de pedras todo gasto, todo cinza e, mesmo assim, muito cheio de vida. Em tempos de cabeça ocupada e futuro incerto, isso pode ser útil. A cidade vazia e calada, o sol que já saiu, mas não trabalha, não aquece e quase não ilumina ninguém. Só vejo movimento do lado de dentro dos restaurantes, jovens agitados em seus aventais, preparando tudo para o horário do almoço, que não deve estar longe, é preciso explicar ao meu corpo o que é fuso-horário, a história que se repete a cada avião que eu pego, o enjoo que me acompanha e a confusão mental que não é bem por isso, mas eu finjo acreditar que sim.

Me pergunto de onde será que virão as pessoas para encher todas essas mesas, com a cidade quieta e vazia, todo mundo enfiado em suas casas, fugindo do frio e provavelmente de muitas outras coisas. E o cheiro de flor, as buganvílias que nunca vão morrer, mas eu vou. Nem todo o vento do mundo é capaz de tirar daqui esse cheiro de flor, indiscreto e acolhedor. Caminho pelas vielas sem saber o que vou encontrar, os olhos fixos no chão, evitando tropeçar ou escorregar nas pedras de quem ainda não sou íntima. Eu, que trouxe tantos pares de sapatos, já nos primeiros passos consigo entender que os tênis que agora me calçam vão me acompanhar todo o tempo. Viro em uma das vielas cujo nome não sei, a pouca sinalização que existe aqui serve só para indicar aos motoristas que é proibido transitar em quase todos os lugares. É uma rua íngreme, mas não o suficiente para impedir a criança que brinca ali sozinha, um menino que chuta a bola ao mesmo tempo que narra todos os movimentos do Cristiano Ronaldo. E lá vem ele, o único, o incomparável, ele ultrapassa os limites da mágica, dribla um, dribla dois, dribla o terceiro e agora é ele e o goleiro e é golo. Eu disse que é golo, minha gente. Rrrrronaldo, Rrrrrronaldo, ele é o cara. O menino feliz com sua jogada, puxando os rr do nome do ídolo, o seu gol, que só podia ser imaginário, já que não havia adversários, ou trave, ou qualquer outro elemento que transformasse aquilo ali em um campo de futebol. Era ele e a bola. Ele e a rua. Mas ele era Cristiano Ronaldo, e eu presenciei a jogada tão bonita e o sorriso tão sincero. Sorri junto com o gol, eu que não estava a passeio. Será ele o único menino da cidade? Ou são as outras mães e pais e avós que não puseram as crianças na rua nesse frio fora de hora?

No fim do caminho, vejo um dos portões que antigamente protegiam a cidade. Uma construção imponente, pedras e pedras empilhadas para garantir que quem estivesse ali dentro estava seguro de qualquer coisa. Pedro me falou um pouco da história da vila, essa coisa bonita de estarmos cercados por uma muralha que se faz ver de qualquer ponto, que aparece sempre que temos medo. Foram palavras para me distrair, para me apaziguar, para que eu pudesse chegar ao meu hotel mais calma do que parecia minutos antes e, por isso, eu me lembro de muito pouco. Mas a muralha está ali, isso é inegável, a solidez das pedras supera qualquer amnésia emocional ou alcoólica. Cruzar esse portão hoje em dia não parece significar muita coisa, a cidade que continua do outro lado, que cresceu para dar conta das famílias que crescem e nunca vão embora, dos turistas, dos pequenos negócios locais, como a oficina de João Maria, que existe em algum lugar perto daqui. Ninguém me disse, e eu também não perguntei, mas ela deve ficar do outro lado da muralha, onde mais carros podem chegar e sair, com seus problemas solucionados ou seus crimes perdoados por alguém que nem tem esse direito. Atravesso, buscando o que não tenho coragem de dizer. E também é frio do outro lado da muralha e todo mundo parece concordar comigo, com exceção de um homem que avisto ao longe, pedalando uma bicicleta colorida, sem agasalho ou arrependimento. Ele vem na minha direção pela estrada que segue em linha reta até se perder de vista. Não sei bem por quê, mas eu o espero, parada nas bordas do mundo, desajeitada e perdida como uma menina cujo pai pegaria pela mão, se houvesse um pai, se houvesse tempo. De longe, não consigo estimar sua idade, seu estado de espírito, sua fisionomia. Sei só que é alguém com os braços de fora e nenhuma touca ou proteção de pescoço. Deve ser alguém que já vive aqui há muito tempo e que não se assusta mais com esse vento doido. Ou só alguém que não sente frio, alguém cujo corpo é diferente do meu. Ele para ao se aproximar de mim (talvez por ter visto que eu o esperava, encarando com calma cada um dos seus movimentos): é jovem, deve ter uns vinte e tantos anos. Bem magro, parece feliz e alheio ao que acontece em volta, mas me olha de um jeito intenso e muito sincero. A cara de louco que não me incomoda, porque eu já não me incomodo com quase nada. O sorriso do louco.

— Estás perdida? As coisas bonitas da cidade ficam para lá, do lado de dentro dessas paredes altas, por incrível que pareça.

— Bom dia, obrigada, mas não estou perdida. Estou só caminhando um pouco, respirando esse ar gelado para acordar os pulmões. Tenho certeza de que existe beleza por aqui também.

Ele sorriu de novo, dessa vez sem querer sorrir, só porque é isso que se espera nos silêncios das conversas de dois estranhos. Não desceu da bicicleta, ficou ali parado, me olhando, o pé esquerdo apoiado no meio-fio para se equilibrar. Estava descalço. Pude ver uns pés grandes, sujos, cansados, e, sem me dar conta da indiscrição, perguntei:

— Você não sente frio? Como pode andar descalço nesse tempo?

Olhou constrangido para os pés, os dedos que pareciam tão à vontade agora se encolhiam e tentavam se esconder em algum lugar daquela bicicleta verde, laranja e azul. Não era um homem bonito, mas sua solidão e timidez me fascinaram.

— Eu não sinto frio, não. A minha pele é grossa, quase casca, e me protege de tudo o que existe cá fora. Na verdade, eu sinto até um pouco de calor.

— Mas e os seus pés?

— Os sapatos magoam-me os pés, senhora. Prefiro estar assim.

— Meu nome é Matilde, muito prazer!

— Muito gosto, Matilde! Volta logo para a cidade, que por mais errado que seja, aqui se aprisiona tudo o que é bonito do lado de dentro daquele muro, já vos disse, não foi?

Não disse seu nome. Subiu de novo na bicicleta e seguiu caminho, me deixando ali, pensativa, curiosa, incomodada com meus tênis, de tão confortáveis que eram. Segui me afastando da cidade, da muralha que também não lhe passava despercebida, procurando aflita qualquer vestígio de João Maria. Vi uma cafeteria, dois ou três hotéis, o salão de beleza da Ana, cujo letreiro indicava funcionamento de segunda a sábado, das 10 às 18 horas. Era uma quarta-feira, muito antes das 18 horas, mas a porta estava fechada e lá dentro não se ouvia nada. Talvez Ana tivesse se esquecido de tirar o letreiro, ou talvez não lhe importasse mesmo que as pessoas dessem com a cara na porta. Vi pouca gente, muitos gatos, os carros que passavam tranquilos pela avenida, dois adolescentes que esperavam no ponto de ônibus. E vi também um portão fechado, um galpão largo, a fachada pintada em um verde desbotado. A placa, pouco acima da altura dos meus olhos, dizia "oficina mecânica, reparação de automóveis", e é claro que não deve existir mais de uma oficina em uma cidade tão pequena quanto esta. Era ali, só podia ser ali.

Fechei os olhos, esperando abri-los em uma realidade diferente. A luz do sol me atravessava, as pálpebras cerradas e eu via tudo vermelho, minha pele sendo a cortina para o mundo em que meu pai era morto. Desde criança eu gosto dessa sensação: fechar os olhos e encarar o sol com tanta determinação e coragem, pelo tempo que for possível. Depois, olhos abertos de novo, tudo é vulto, manchas incertas e coloridas, a vista demorando a vencer, a funcionar para que se consiga ver qualquer coisa que seja real. E aqui, diante da oficina mecânica dele, eu esperava que abrir os olhos outra vez me mostrasse qualquer coisa diferente, um João Maria sorridente, os braços abertos para me receber. Mas não, o mesmo verde desbotado, a parede descascando em tantos pontos, necessitando desesperadamente de uma nova demão de tinta, talvez uma cor mais alegre, menos morta, que de mortos já me dou por satisfeita. Do outro lado da rua tem uma escada, um acesso a uma parte da cidade que ainda não conheço, a vista deve ser linda. Eu precisava me sentar, e aqueles degraus eram tudo o que eu tinha, nem óculos havia.

Não tenho ideia de quantas horas passei ali, imersa em pensamentos e lembranças inventadas, esperando que o portão se abrisse com boas notícias. Já falei da relatividade do tempo. Assisti, de uma posição privilegiada, ao atropelamento de João Maria, vinte, cinquenta, quinhentas vezes naquele dia. Estudei a chegada da ambulância, que poderia, sim, ter vindo mais rápido, vi os meninos assustados diante de todo aquele sangue. Procurei o vermelho nas pedras, mas toda a história daquele crime já havia sido lavada da cidade. Tentei falar com ele, tantas vezes. E só me dei conta de que já era tarde quando meu corpo começou a doer, tempo demais em uma escada que, tudo indicava, não me levaria a lugar algum. Não sei quem passou por mim, se alguém passou, se alguém me viu encarando o vazio e esperando o passado. Não me lembro de ter conversado com ninguém, de ter me apresentado, de ter perguntado qualquer coisa. Não gosto do que minha cabeça está tentando me dizer e, por isso, finjo não escutar. Sei que meus ossos me incomodam, o estômago dói, já é quase noite e o café da manhã me parece um acontecimento distante. É uma hora estranha: os restaurantes já estão fechados outra vez, desde que o almoço acabou, e não parecem prontos para reabrir para o jantar. A cidade ainda mais vazia que mais cedo, refaço o caminho de ida, me sentindo, contudo, muito menos saudável.

De volta ao hotel, a troca de turno me confirma que o tempo não havia parado.

— Estás no 12?

— Acho que sim.

— O Pedro Cruz deixou isso, quase que os dois se encontram. Ele esperou a Matilde por mais de meia hora e depois desistiu.

— Eu sou a Matilde.

— Pois se é.

Era um envelope, outra vez. Se Pedro não gostava de e-mails e não parecia fazer questão de responder aos meus, cheios de dúvidas e angústia, parece que a correspondência física já lhe agradava mais, uma compulsão que eu não conhecia quem tivesse. É uma carta, escrita à mão, a letra concentrada, o traço pesado, a caneta azul que falhou em dois ou três espaços, tornando tudo mais real e amistoso. Perguntei se ela havia sido escrita ali, ao que o jovem prontamente respondeu que sim, sem levantar os olhos de algum lugar ao fundo do balcão. Eu descobriria depois que havia ali uma mini televisão, dessas antigas, em preto e branco, onde enxergar qualquer coisa que não formigas e faíscas em guerra é quase um milagre.

Ele perguntava sobre o meu dia e se desculpava por ter ficado tanto tempo fora. Dizia que ainda havia tanto a se conversar, mas que também não queria ser um fardo, apressar as coisas, encher a minha cabeça de informações novas e difíceis. Era uma carta extremamente gentil, alternava uma formalidade que eu pensava já termos ultrapassado com um carinho e um cuidado que me caíam bem, sobretudo com essa dor nos ossos e esse vazio no estômago. De mais a mais, no fim de tudo, o que ele queria era dizer que seguiria ocupado no dia seguinte, mas que pedisse ao Humberto, da recepção, que telefonasse para ele caso eu quisesse ir jantar nas próximas horas. Se não, nos veríamos na noite seguinte, ele tentaria chegar mais cedo para não me encontrar tão cansada, mas clientes, sabes como são, se dizem que querem ter consigo, é melhor ir, porque o dinheiro ainda não nasce nesses sobreiros todos que temos aqui, seria bom se nascesse, não é mesmo.

Pedi que Humberto, da recepção, ligasse ao Pedro Cruz e se desculpasse por mim. O fuso-horário ainda me confundia, o frio me cansava demais, e ainda teríamos bastante tempo para conversar, não era mesmo ele que sempre dizia isso? Humberto disse que o faria, que eu não me preocupasse, que fosse descansar – parecia até que ele sabia ser atencioso. Fiquei por um tempo esperando a chave do meu quarto, a mão parada no ar, até lembrar que, no fim das contas, eu havia decidido levá-la comigo de manhã. Todos esses pequenos procedimentos levaram os últimos instantes do dia e, quando entro no meu quarto, já é noite. Bitoque está do outro lado da cortina, me esperando na varanda, o corpo inquieto sendo empurrado pelo balançar da cauda. Abro a porta, deixo que entre e, sentada na cama, observo enquanto ele fareja cada um dos meus muitos passos naquele dia, enquanto faço festas em sua cabeça de cão.

10

É um quarto de hotel, mas também não é. É o mundo todo, mas também não. Aquela sensação flutuante e esponjosa entre o sono e a vigília, quando sabemos quase nada de nós mesmos e um tanto do resto. Nesse estado, já encontrei soluções inesperadas para meu trabalho, e é por isso que costumo, ou costumava, dormir com um bloco de anotações perto da cama. Agora existem os telefones celulares com suas luzes daninhas que, na mesma medida em que nos deixam guardar boas ideias, nos queimam as retinas e nos tiram o sono. Ah, se eu tivesse qualquer ideia para essa angústia que me machuca agora, o vazio de um pai que é novo, mas que sempre existiu! O Pedro falou, em algum momento, a palavra "surto", e, conversa interrompida, não sei se ele quis dizer o que eu acho que sim, porque eu preferia que não, mas acho que sim. Quem coleciona surtos sabe. A gente se sabe. A loucura é igual em qualquer lugar do mundo, a minha, pelo menos, eu vejo que sim. Cansaço e confusão também. Por aqui, em algum lugar, tem um cachorro que poderia ser meu, mas acho que não. Ele é quieto, mudo e preto. Eu não sei onde ele está agora, talvez deitado na toalha que já é dele, aos pés da cama. Talvez parado, olhando a cortina e, através dela, o jardim, o claustro, ou seja qual for o nome desse espaço no meio de todos nós. Talvez Bitoque já tenha subido na cama, me acompanhando no medo e nessa tremedeira que não quer parar. Ele deve ter fome, como eu. Se eu estivesse com os olhos abertos, poderia saber melhor, mas não é o caso. Pelo menos, acho que não. De toda forma, o cachorro não é meu, assim como o resto do mundo. Não sou dona de nada, nem mesmo dos meus pensamentos, e esse parecia ser o último vínculo que eu tinha com a lucidez. Mãe já não tenho, e pai nunca tive, e agora ele morreu. Não sem antes ter ficado louco, foi isso que o Pedro Cruz tentou me dizer? Mas loucos também morrem. Ele morreu uma morte estúpida e desnecessária. Eu estive lá, sei que a oficina fica no meio de um quarteirão, uma rua reta, sem curvas ou sobressaltos, para quem viesse de um ou outro lado. Só não se veria o João Maria se não se quisesse. Ou, pior, talvez o João Maria tenha sido visto, o que não foi suficiente. O Pedro Cruz falou de surto, de medo, de juventude, de cabelos brancos, e eu não sei como encaixar todas essas informações na linha do tempo que foi a vida do meu pai. Sei, sabemos todos, que ele foi atropelado e que morreu antes de chegar no hospital. Existe uma chance, uma grande chance, de que o motorista tenha visto meu pai ficando cada vez maior do outro lado do vidro, o rosto calmo e depois muito assustado, muito perto do carro, e depois em cima do capô do carro, talvez até encostado no para-brisa do carro, e depois no chão, agora já muito menor, quase insignificante. E ensanguentado. Talvez Bitoque tenha ido embora, eu já nem sei. Talvez eu seja louca como ele. Que me atropelem aqui. Se eu estivesse de olhos abertos saberia muito mais, mas agora não, ainda não. Faz frio lá fora, mas aqui dentro é quente, é insuportável de tão quente, toda essa água a minha volta deve ser suor, só pode ser suor. Como quando eu tinha febre e Beatriz vinha com toalhas úmidas e frias e dedos quentes de amor, e tudo ficava bem.

Se tenho febre, não sei. Tenho pensado em tanto, em quase tudo. Tem um frigobar em algum lugar, com pequenas garrafas de água mineral do lado de dentro: geladas, fechadas, borbulhantes a preço de ouro e só para mim. Ainda sinto um cheiro de grama atravessando minhas narinas, o que me faz pensar que fui lá fora mais cedo, ou acho que fui. Eu fui. Pisei na grama que é de todo mundo? O vento fez doer ainda mais cada parte do meu corpo, que já não estava muito feliz em existir, aquelas escadas de antes, arquibancadas de um crime que eu nem sei quem cometeu. Não é só a cabeça que pifa, o corpo também nem sempre aguenta. O vento, frio e forte, queima a pele, e eu não estava vestida de um jeito certo para isso: os mesmos tecidos finos que já tentaram me matar outras vezes. Mas se fui, o que já nem sei, deveria ter ficado, sentada naquela cadeira de metal, a almofada tão fina e tão inútil que não consegue nem impedir que o frio do ferro me encontre aqui parada. Eu teria ficado, não fosse o imenso medo dentro de mim, o surto sussurrado por Pedro Cruz como se fosse uma declaração de amor de um homem casado a uma jovem mulher que ele conheceu no ônibus, o frio dolorido nos ossos e aquela pessoa que eu vi, ou penso ter visto, parada do outro lado do jardim, os olhos fechados me encarando, por trás da cortina do quarto que devia ser o número seis ou sete. Foi por causa dele que entrei, agora eu sei, eu vi. Era um homem, um homem alto, de ombros ossudos, as pontas brancas das clavículas atravessando a pele e o casaco, aquilo devia doer, mas parecia que não, pois ele estava calmo e parado, e ninguém consegue ficar imóvel quando os ossos rasgam as carnes, eu sei porque já me aconteceu. Era um fim de semana, quatro voltas morro abaixo e eu olhava meu braço e via uma quina branca e viva de colágeno, potássio, fósforo e cálcio, o osso rasgando as carnes, rasgando a pele. O carro também se machucou. Mas ele, imóvel, só se via os pulmões cheios e depois vazios, e mais nada mudava naquele quadro impossível. Era um homem estranho, mas eu também sou. E eu também estava de olhos fechados, mas vi tudo isso e, se eu não saísse rápido daquela varanda, se não voltasse correndo para o quarto que agora é meu, eu poderia ver ainda muito mais, talvez ele chegasse perto, talvez um de nós abrisse os olhos, sem susto ou surto. Mas entramos, eu e o cachorro preto de pelo brilhante, de cauda sempre em movimento, e fechamos a porta, e fechamos a cortina e fechamos os olhos que já estavam fechados, em algum momento que não sei precisar, mas que já me parece muito distante de agora. Preciso me lembrar de comentar sobre isso com o Pedro, ou de tentar descobrir na recepção quem mais está ficando aqui, nesse hotel claustrofóbico com um claustro no meio. Como se chama mesmo o menino da recepção? Roberto, Humberto? Amanhã pergunto a ele, ou ao irmão, ou a qualquer um que possa me dizer qualquer coisa sobre o sujeito de ossos aparentes e olhos fechados. E botas de caubói, ou talvez essa parte eu tenha inventado. Tenho os olhos fechados, fechados, fechados e é por isso que não sei onde o Bitoque está. É por isso, provavelmente, que não sei um monte de coisas. Não sei, por exemplo, como está Beatriz, ou Abel. Ninguém fala comigo já há tanto, como se fizesse muito tempo que estou aqui, o que não é verdade. Eu poderia ligar para o Abel, e minha vontade é dizer que eu não suporto o fato de ele ser tão manso, de aceitar minhas vontades sem argumentos, com os olhos baixos e imóveis no chão. Abel, me atende e vê se para com isso de ser tão resignado, resiliente, reticente. Você me deixou ir embora e agora eu aqui, no quarto, sozinha ou com Bitoque, suando e tremendo e sem saber. Tem um homem lá fora. O Pedro fala comigo, quando não está ocupado trabalhando em outra cidade, como foi hoje, como vai ser amanhã, ou talvez já seja amanhã, porque me sinto cansada, uma noite parece pesar em mim e já nem sei há quanto tempo estou aqui. E nessa conversa de resolver as coisas fora da cidade eu nem sei se acredito. Claro que deve ser verdade, afinal foi ele que insistiu para que eu viesse até aqui, para que eu saísse do conforto, da segurança e das angústias da minha casa para enfrentar angústias novas e completamente inesperadas. E tem ainda essa história do testamento, que foi o que começou tudo, que precisa ser lido com todo mundo junto, e eu ainda não sei quem é todo mundo, não chegamos nessa parte da conversa. A penúltima coisa que Pedro me contou foi que o meu pai queria se casar com minha mãe. João Maria e Beatriz. A última foi o surto. Na noite em que jantamos juntos, a primeira noite, ele disse tenho tanto a te contar e falou, e falou e falou até que seus olhos baixaram e ele encarava os próprios sapatos e eu o encarava e ele disse o surto. Assim, como se fosse um evento, o nome de um filme, um livro. Ele disse o surto e eu enxerguei os meus, o pânico, as crises, os ataques. A vontade de não estar mais aqui. Ele disse o surto e eu soube, essa herança indigesta que eu carrego, não sem esforço. A louca, a filha do louco. Ele disse o surto e eu parei de ouvir, a minha cabeça foi para os lugares de onde sempre fugi.

O surto, e eu.

O quarto quente. O Pedro que ainda precisa me dizer um monte e repetir tudo aquilo que não consegui digerir. O cachorro que não sei por onde anda, e agora já tenho os olhos abertos, minha mãe que não sabe mais de mim. A porra dos meus óculos. O Abel que não me atendeu, ou atendeu, eu sinto a garganta doendo e é como se tivesse passado muito tempo gritando, eu sei porque isso já me aconteceu. O que eu disse para Abel, o que eu gritei? Gritamos? E o meu pai morto no chão. Ninguém deveria ser obrigado a ver o pai morto no chão, o sangue deixando o corpo e ganhando o mundo, os olhos passando de brilhantes para opacos, de úmidos para completamente inertes nesse fim de mundo. O Pedro disse que ainda vou conhecer os meninos que lhe seguraram a mão, que choraram por ele, que devem estar assustados e ter pesadelos até hoje. Eram jovens. Quando Beatriz soube que estava grávida, ele me disse, eles se falavam, dentro das limitações de se morar em continentes diferentes na década de setenta. Não era rápido, não havia esses aparelhos que resolvem a vida toda de uma vez, e certamente não havia Skype. Beatriz conseguiu telefonar, o Pedro me explicou como eram complexas as chamadas internacionais, à época, as pessoas não conseguiam fazer isso de casa e tinham que marcar um horário. Mas ela estava grávida, o que justificava todo o investimento financeiro e toda a energia para falar com João Maria de uma forma mais rápida que as cartas que eles vinham trocando. Como eu queria essas cartas, eu queria tanta coisa, mas por ora seria bom conseguir dormir. Estou dormindo? Estou morrendo? Na última vez que vi Beatriz, antes de vir, fiz uma coisa que eu evitava, porque eu sei que mexia muito com nós duas, mas eu precisava daquela lembrança para cruzar o oceano, eu precisava que os olhos dela me olhassem mais uma vez, dentro dos meus. Teve um dia que cheguei no Solário e ela estava cantarolando uma música, não uma qualquer, mas uma que eu sabia que era a sua preferida, casinha pequenina, uma letra triste, triste, um amor selado em uma casa, um coqueiro que ficava ao lado e que morreu de saudade. Minha mãe cantava para mim quando eu era criança, e só assim eu conseguia dormir, e essa era a música que eu mais gostava, mas me partia o coração imaginar um coqueiro que morria de saudade. Ela cantarolava essa música e parecia tão presente. O médico me explicou que a memória musical é a última que vai embora e, no meu último encontro com ela, comecei a cantar casinha pequenina porque eu sabia que assim ela me olharia, talvez até cantasse comigo, se eu tivesse calma podia me dar as mãos. Cantamos juntas até o final, tu não te lembras da casinha pequenina, aquele beijo prolongado, demorado que selou o nosso amor. Depois eu fui embora. Se eu conseguisse falar com Beatriz agora, a conversa, sem dúvida, seria muito interessante. Talvez ríssemos alto dos delírios uma da outra, talvez enlouquecêssemos juntas, talvez esquecêssemos o resto do mundo. Ou já esquecemos? O escuro completo chegou e foi embora, é dia outra vez, já perdi a conta de quantas horas faz que estou com fome e com calor, e por mais que eu não sinta sono, talvez devesse mesmo dormir um pouco. Ou talvez eu esteja dormindo há tanto tempo que penso estar acordada. E o surto, que nunca vai embora.

11

Eu nem sabia que tinha um telefone no quarto, mas ele tocava tão alto que era impossível ignorá-lo. Nos primeiros minutos, confesso que pensei que alguém me ligava no meu sonho, mas como aquele ruído continuava, entendi que estava dormindo e que precisava acordar se quisesse meu silêncio de volta. Já era dia (ou ainda era dia – há quanto tempo eu estava ali?), Bitoque deitado aos pés da cama, na toalha que antes era do hotel e que agora era dele. Era um trajeto curto até chegar ao telefone, mas muita coisa aconteceu: pisei em texturas incômodas que Bitoque deixara pelo chão, senti a vista escurecer quando minha pressão caiu, vi que porta e cortina da varanda estavam escancaradas, oferecendo minha intimidade para quem quer que passasse pelo jardim àquela hora ou em horas anteriores que não sei quantas. Não tive tempo de falar alô, meu interlocutor se adiantou ao som do telefone sendo retirado do gancho, e quando o aparelho de plástico chegou no meu ouvido, peguei a primeira frase pela metade.

– ...incomodar, mas eu vim ontem e tu não atendestes, estava começando a ficar preocupado.

– Pedro?

– Sim, sou eu. Te esperei ontem por muito tempo, as pessoas não sabiam me dizer se estavas aqui ou não, eu liguei, mandei mensagens, até e-mail, e nada. E agora cá estou outra vez, ligando há muito tempo, há tanto tempo, e nada, nadinha. Tens certeza de que está tudo bem?

Eram muitas palavras, ditas em uma velocidade completamente inadequada à minha situação, eu não conseguia acompanhar, começava as frases e percebia quão inúteis ou vazias elas eram. Não entendia o que o Pedro estava fazendo ali, se tínhamos combinado de nos encontrar somente no dia seguinte. Tentei argumentar, contar a história do portão da oficina, a dor no corpo, meu cansaço. Expliquei que eu tinha pedido que o menino da recepção ligasse e dissesse que eu estava exausta, que nos encontraríamos no dia seguinte, que fiz isso depois da carta dele que me dizia para fazer exatamente assim se eu estivesse cansada.

— Matilde, isso foi na outra noite, não ontem. Foi antes de ontem. Para ontem, eu disse que chegaria mais cedo para não te encontrar tão cansada. E cheguei. Desde as cinco eu tento ter consigo. Tens certeza de que estás bem?

Ele continuava falando muito rápido. E repetia as palavras e as frases. Disse ontem e antes de ontem uma dúzia de vezes e também perguntou se eu tinha certeza que estava tudo bem, como se isso fosse o ponto final de cada frase. Eu só conseguia responder depois que ele perguntava se eu tinha certeza que estava tudo bem. E era por isso que todas as minhas frases começavam com um sim. Eu não entendia muita coisa mais, porque ele falava mesmo muito rápido. Mas tinha certeza de que Pedro havia se enganado, eu tinha dormido um pouco mais que o previsto, mas o nosso jantar ainda estava marcado para aquela noite, que só começaria dentro de algumas horas.

— Matilde, estou na recepção, vou até aí, tu me abres a porta?

Eu levava trinta e cinco segundos para caminhar da recepção até a porta do meu quarto, sabia disso porque já havia contado. Pedro Cruz demorou nem vinte, com seu passo miúdo, mas apressado, de alguém que achava que algo de muito errado estava acontecendo ali. Não tinha nada errado, exceto talvez uma sensação profunda de abandono que parecia querer me acompanhar. A aflição e a angústia quando sabemos que não estão nos escutando, apesar de todos os esforços para dizermos as palavras certas, na ordem e no ritmo que esperam da gente. Eu queria, como eu queria, que o Pedro acreditasse que estava tudo bem, e coloquei todos os meus esforços nisso. Talvez por isso tenha acontecido o que aconteceu. (Ou pelas mais de trinta horas sem colocar nada na boca, alguém poderia dizer.) Não deu tempo de fazer nada, e, quando ele bateu na porta, eu e o quarto estávamos tão bagunçados quanto era possível. Bitoque fugiu pela varanda escancarada, assim que ouviu uma voz estranha. Meus olhos tentaram acompanhar seu movimento, e foi nesse momento que me lembrei da figura de ossos fugidios e olhos fechados, o homem que me dera medo na noite anterior. Achei melhor ficar calada. Assim, ficamos ali, os dois, parados na porta do quarto 12, ele do lado de fora, eu do lado de dentro, impedindo sua entrada da forma mais elegante e sutil que consegui, com meu corpo incerto na frente daquele pedaço de madeira que era tudo o que eu tinha para impedir que ele visse o meu caos. Eu não queria que Pedro conhecesse o meu caos, eu não queria que ele soubesse da merda e do mijo de Bitoque nos meus pés, eu tinha vergonha de que ele soubesse do homem que me encarava de olhos fechados. Para além disso, eu tinha muita fome, e isso transformava o esforço para ficar em pé em algo muito pesado para mim. Eu não queria, definitivamente, que ele entrasse ali, jantaríamos juntos quando fosse a hora, estava tudo bem. E foi isso que tentei dizer a ele, mas a vista escureceu outra vez e eu assisti, como se não fosse comigo, o momento em que meus joelhos se dobravam involuntariamente e o sangue parava de chegar ao meu cérebro. Você acha que vai morrer, mas o que acontece nem passa perto disso. Felizmente para uns, infelizmente para outros.

Não sei quanto tempo depois (já perdi o sentido das horas) abri os olhos para ver o que eu nem podia imaginar. Dentro do meu quarto havia uma quantidade de portugueses superior ao número deles que eu já vira em toda a minha vida. E como todos pareciam agitados, falavam alto, ininterrupta e muito rapidamente, sem me olhar, pude observar com calma e entender os divertidos e incertos personagens daquela cena. Eu soube, assim que abri os olhos, que havia desmaiado, porque já conheço bem a sensação que nos acomete depois de um desses episódios. E também porque me lembrava de ter pensado, não sei quanto tempo antes, eu vou desmaiar. Com quase quarenta anos, você já se conhece o suficiente para saber quando seu corpo vai falhar e quais são os motivos para isso. Nesse caso, era fome. Eu ali, de olhos abertos, esperando que alguém falasse comigo e que fosse, de preferência, o Pedro, que estava sentado numa poltrona pequena, os olhos fixos no chão, a cabeça balançando suave e muito devagar em uma negativa constante e abrupta em cada lado, será que estava bravo comigo? Além dele, uma senhora com um avental amarrado na cintura esfregava alguma coisa no tapete, em algum ponto fora do meu alcance. Mas que merda, era o xixi do cachorro, é claro que o Pedro está irritado, eu também estaria, não consigo nem pensar o que essas pessoas estão achando de tudo isso. Bitoque não está aqui, pelo menos não em cima da cama. O menino da recepção, que não é o Humberto, está parado na porta do quarto, acompanhando toda a movimentação, tentando ser útil ou só bisbilhotando. Sentada ao pé da cama, falando baixo com um Pedro que parecia não ouvir, alguém que não sei quem era, uma mulher elegante, os cabelos brancos presos no alto da cabeça, a nuca fina e esguia, uma camisa cinza que completava o conjunto e a deixava com ares de alucinação, de fantasma, de qualquer coisa que o valha, mas não de uma pessoa tão calma e tranquila, capaz de falar baixo no meio daquele caos e de encostar de leve no joelho de Pedro para dizer que ficaria tudo bem. Eu soube, era Rute. Por fim, dois jovens aflitos estavam apoiados na parede perto da varanda, que já estava fechada, porta e cortina, como deveria ser. Eles pareciam esperar orientações que deveriam vir de alguém, mas não conseguiam se decidir de quem. Todos, com exceção de Pedro e Rute, falavam alto e ao mesmo tempo. Entendi que um deles devia chamar um médico enquanto o outro devia trazer alguma coisa, qualquer coisa, da cozinha, porque já deviam saber, também, que eu precisava comer.

Resolvi intervir.

– Eu não preciso de um médico. Qualquer coisa de sal já está bom.

Que nem cena de filme, quando todos se calam diante de uma revelação inesperada de uma personagem adoentada. Ao que parece, a revelação ali era minha existência, ou minha habilidade para falar. O primeiro a erguer os olhos, claro, foi Pedro, que quase imediatamente já estava sentado ao meu lado, segurando uma das minhas mãos – continuávamos na nossa dança bonita cuja coreografia alternava intimidade e afeto com uma barreira invisível e silenciosa. Eu achava tudo muito engraçado, tanto drama por causa de um simples desmaio, as pessoas comovidas como se eu não fosse nunca mais acordar e eu ali, encarando a parede, esperando comida, procurando Bitoque. Já desmaiei outras vezes, nem sei quantas, e a sensação de bem-estar que acompanha o despertar é bizarra e incrível. Eu quase podia rir. E poderia, sem dúvida, comer doses assustadoras de sal e gordura, mas sabia também que, se me levantasse para resolver aquilo, teria problemas novamente. Minha pressão estava baixa, eu sentia um rombo onde deveria ser o estômago, um gosto horrível na boca, um amargo misturado com um fundo azedo que me dava enjoo e ânsia de vômito. E aquele quarto não precisava disso, sabíamos todos. Por isso, assisti quieta enquanto alguém ia apressado buscar alguma coisa, as conversas ainda confusas, eu sabia que falavam português, mas me sentia em um país diferente, um lugar onde nunca estive, uma língua totalmente estranha aos meus ouvidos, aquilo era muito louco. Esperei quieta, calada, mas com um sorriso no rosto, porque me sentia bem. Aos poucos, o ritmo do quarto foi voltando ao normal e só restávamos eu, o Pedro e aquela que eu tinha decidido que era Rute. Os dois, muito educados, esperaram que eu comesse todo o sanduíche de queijo antes de falar qualquer coisa. E eu comi bem mais rápido do que Beatriz gostaria de assistir. Ela comia devagar e com muita elegância, mastigando com a boca absolutamente fechada e um olhar de superioridade que sempre me encantou. Tinha tentado, por um tempo, me ensinar a ser assim. Depois desistiu, uma filha que comia rápido não deveria valer menos que uma filha que era seu espelho, eu pensava.

— Matilde, essa é a Rute, a minha esposa.

— A menina Matilde deve estar muito cansada, vamos deixar que ela descanse.

Ela falava comigo, mas como se a menina Matilde fosse uma outra pessoa. Era confuso, uma construção que nós, brasileiros, nunca pensamos em inventar. Mas como a menina Matilde era eu, ainda que não tão jovem quanto ela parecia querer que eu fosse, e nem tão cansada quanto eles supunham depois de tudo, embora ainda faminta, eles esperavam de mim uma resposta.

— Eu estou bem, fiquem, por favor. Será que posso pedir mais um sanduíche? Não sei o que me deu, mas estou realmente me sentindo muito fraca.

Antes que eu terminasse a frase, Rute já estava ao telefone, pedindo que trouxessem mais um sanduíche de queijo e, por favor, um bom suco de frutas. Tosta de queijo, foi isso o que ela pediu. Era fácil gostar de Rute, não só pela educação, pela voz sempre comedida, mas também por uma beleza que tomava conta do quarto, mas sem ofender a ninguém. Não era uma beleza óbvia e muito menos arrogante. Eu pensava se minha mãe gostaria daquela mulher e, nossa, eu tinha certeza que sim.

(A distância entre Portugal e Brasil é de bem mais de sete mil quilômetros, o que gera, inevitavelmente, uma diferença de fuso-horário, que varia de três a cinco horas, de acordo com a época do ano. Naquele momento, ainda era primavera e noite no Brasil. Nem se quisesse Beatriz conseguiria se lembrar de Rute, e menos ainda saber se gostava ou se já havia gostado daquela mulher, que era mesmo adorável. Beatriz dormia, um pouco de frio nos pés, pois sempre se esquecia de colocar meias antes de deitar, mas um sono tranquilo, sem grandes dúvidas existenciais ou alguém com ossos perfurando a pele para atrapalhar. Ela só dormia.)

Conversamos por um bom tempo, só nós três, tudo arrumado para que não nos incomodassem. De tempo em tempo, eu via a sombra de Bitoque no jardim, mas sabia que ele só pediria para entrar quando eu estivesse sozinha novamente, como se soubesse que as pessoas ali pareciam duvidar da sua existência, como se se divertisse com a hipótese de essa brasileira, que só agora recobrava um pouco de cor na cara, o tivesse inventado. Mas me tinham dito o seu nome na recepção. Apesar da fala mais pausada, Pedro ainda estava nervoso, eu via naqueles olhos fundos que ele precisava entender o que estava acontecendo. Porém, só descobri depois que quem não sabia de tudo era eu.

Eu achava, com bastante segurança e tranquilidade, na calma instável e meio aflita que agora me acompanhava, que Pedro havia se confundido, ou que o recado de que eu estava cansada naquela outra noite nunca tinha chegado até ele. Na minha cabeça, era tudo bem certo, seria hoje mais tarde que nos encontraríamos, ele viria mais cedo, para não me encontrar cansada. Já havíamos falado sobre isso. O que eu não podia imaginar era que o que eu julgava ter sido uma noite de sono agitado tinha sido muito mais que isso. Pedro jurava que eu estava trancada naquele quarto, incomunicável, há pelo menos trinta e seis horas. O dia do nosso encontro era ontem, quando ele pediu que me chamassem, sem sucesso, por pelo menos uma hora. Não sabiam dizer, no hotel, se eu estava lá ou não, já que eu sempre saía carregando a chave. Como se já tivesse havido tempo para criar uma rotina. Por que não bateram à porta? Pedro sorriu, cabisbaixo, como se eu estivesse fazendo alguma pergunta idiota. Pensamos até mesmo em usar a chave reserva para entrar em vosso quarto, Matilde, e eu só não deixei pois vosso pai não ia querer isso, não ia gostar nada de saber dessa invasão, mas que susto imenso e horrível. Pedro tentou tanto que desistiu, ele me disse, e resolveu que eu tinha saído, que voltaria mais tarde, e deixou um recado pedindo que eu ligasse. Eu nunca liguei. Pedro tentou outra vez quando já era madrugada, mas eu não atendia, nem o telefone nem a porta. Pedro disse que não dormiu, ele e Rute caminharam pela cidade, mas não havia ninguém na rua para dizer se tinha me visto ou não. Eu dormi. Pedro voltou hoje de manhã, que eu achava que era ontem, mas já era um dia depois. E insistiu nos telefonemas, apesar da irritação daquele que, ele me confirmou, era sim irmão de Humberto e se chamava, por incrível que seja, Alberto. E precisou que o telefone tocasse até desligar entre oito e nove vezes para que eu atendesse. E aí ele achou prudente ir até meu quarto, dada a minha fala sem sentido e sem ritmo. E foi quando eu abri a porta, muito branca, ele disse, os lábios como se tivessem sido engolidos pelo resto do corpo, os cabelos suados grudados no rosto, e bem rápido estava no chão. E o resto eu sabia. Essa era a versão dele.

Eu não tinha mais uma versão. Depois de tudo o que ele me contou, sob o olhar atento e aflito de Rute, eu só podia me sentir constrangida e envergonhada, sem entender o que estava acontecendo comigo. Devia ser o cansaço, o fuso horário ainda confundindo a cabeça, isso junto a todas as informações novas e complexas que havíamos discutido há tão pouco tempo e, ainda que não falássemos, todos os três sabíamos que o surto também estava naquele quarto. Já fazia mais de um dia que o Pedro tinha tentado me contar aquela história, e agora essa palavra não era dita por nenhum de nós, mas, de alguma forma, ela estava ali. Eu, Pedro, Rute e o surto. Talvez o João Maria também. Podia até ser emocional, Rute já tinha visto casos parecidos muitas outras vezes, que eu ficasse tranquila. Eu só não queria que pensassem que eu estava louca. Estava? Passei trinta e seis horas dentro do quarto, sem comida, sem água, sem falar com ninguém, exceto com um cachorro que, agora eu confirmava, alguns duvidavam que existia. Eu sentia os olhos de Pedro e Rute queimando minha pele, a cada movimento que eu fazia naquele quarto pequeno demais para nós três. Eu precisava de ar, mas precisávamos também conversar, e eu deveria responder a tudo o que eles queriam saber, e eles tinham que me falar sobre o testamento, sobre a leitura, sobre os próximos passos. Afinal, eu não estava aqui a passeio (e isso era um consenso).

Já me sentia melhor e pedi a eles meia hora para tomar um banho, poderíamos nos encontrar no mesmo restaurante da outra noite, sim, eu sabia onde era, sim, eu me lembrava, sim, eu estava bem. Rute, antes de sair, me beijou a testa, um gesto carinhoso e que eu não via há tanto tempo. E disse também que eu era parecida com minha mãe, mas essa conversa já não me surpreendia, coisas que deveriam ser estranhas mas não eram novidade.

Pedro havia me contado na outra noite que eles iam se casar, que Beatriz já estivera aqui, então, era natural que Rute também conhecesse minha mãe. Eles iam se casar. Beatriz já estivera aqui. Eu estava aqui e tudo era enevoado, inverossímil, meio abafado. O gosto do queijo na minha boca. Antes de entrar no chuveiro, eu precisava de ar, eu já disse que precisava de ar. Sentada na cadeira desconfortável, a mesma da outra noite, vi Bitoque se aproximar, o mesmo balanço de cauda de todas as outras vezes, como se nada tivesse acontecido. Talvez nada tivesse acontecido a ele. Sei que ele passou grande parte das últimas horas ao meu lado, só isso explicaria o cheiro insuportável de mijo ali dentro. Mas sei também que cachorro nenhum, por mais fiel que seja, ficaria tanto tempo sem comer, e pode ter sido por isso que a porta da varanda estava aberta, escancarada. Eu abri, claro, não ele. Mas abri para ele, ou porque precisava de ar, e nessa hora ele saiu e foi comer o que lhe era de direito. Bitoque lambia minhas mãos, enquanto eu lhe perguntava se ele se lembrava de alguma coisa, se podia me contar o que tinha acontecido, se Pedro e Rute falavam a verdade. O cachorro, naturalmente, permanecia calado, alheio ao mundo que parecia ficar cada vez mais difícil do lado de fora. Um banho rápido, mais frio do que eu gostaria, mas todo mundo sabe que não se pode usar água quente quando a pressão cai.

Ainda faltava escovar os dentes.

12

Saí com a minha melhor cara. Coloquei uma roupa que julguei estar à altura da elegância de Rute. Usei uma base para tentar esconder o cansaço e aquela cor de casca de figo embaixo dos olhos, passei devagar uma escova nos cabelos, trabalhando com paciência, de modo a convencer os cachos de que deviam permanecer quietos pelas próximas horas. Liguei para o Abel, que não me atendeu, o que era estranho, meu celular tinha algo como quatorze chamadas não atendidas. Dada a preocupação do meu namorado, eu só podia esperar que ele me atendesse quando eu ligasse, mas não foi o caso. Talvez estivesse bravo, e ficaria mais ainda quando ouvisse a absurda história das muitas horas em que passei trancada sozinha no quarto, do desmaio, de Pedro e de Rute e de tudo o que disseram. Abel sempre se preocupava com o meu bem estar, tinha a certeza de que eu era mais frágil do que eu realmente era e se irritaria com aquele estado de inconsciência como se fosse um coma. Pois Abel, quando se sente ameaçado, se irrita. Só que Abel nunca me deixaria tanto tempo sem resposta, Abel não era como eu, ele era melhor, muito melhor. De minha mãe, havia um e-mail. Obviamente não dela, mas que trazia notícias dela, alguma enfermeira ou secretária que dizia que estava tudo bem. E era só.

Eu dissera a Pedro que sabia onde ficava o restaurante da outra noite, tinha dentro da cabeça um registro perfeito de tudo o que aconteceu e tudo o que foi dito, mas agora, na rua, isso parecia uma inocente mentira burra. Eu dissera, também, que era impossível me perder nessa cidade, mas já não sei em qual dessas vielas perpendiculares tenho que entrar, todas tão iguais entre si e a um cartão postal. A vantagem é que são poucas, eventualmente vou acabar me encontrando com os dois sentados em uma mesa do lado de fora, ignorando o frio, só para estarem mais visíveis para mim. Pessoas gentis que me esperam em algum lugar.

(No quarto, Abel empurrava as costas trêmulas contra a parede, tomado pelo medo e pelo susto por tudo o que foi dito por uma mulher que ele amava tanto e já nem sabia o porquê. Ele não costumava ser tão sensível assim, mas até os idiotas têm seu limite, e não, aquilo não, Matilde não tinha o direito de falar com ele daquele jeito e doze horas depois telefonar uma, duas, três vezes, como se nada tivesse acontecido, e ele tremia de raiva, mas também de medo. E de saudade, Abel talvez tenha sido a primeira pessoa a tremer de saudade.)

Segui com a pressa que as pedras escorregadias me permitiam: o coração queria chegar rápido, mas o resto do corpo queria estar inteiro, cansado que andava de tanto que vinha acontecendo. Era bom ter cuidado e, o mais importante, olhar para o chão, pisar com cautela, prever as pedras, o lodo, os buracos. E contar com a sorte também, se ela existisse. E foi olhando para o chão que não vi quando falaram comigo. Não esperava que falassem comigo naquela cidade, por isso demorei a perceber, a levantar os olhos, a pedir que ele repetisse a frase para que eu pudesse entender e, então, tentar responder.

– Eu só disse que é bom ver a senhora na parte bonita da cidade. Não tinha nada que estar andando pelos outros lados no outro dia. Aqui sim, as flores, as casas, tem até música, a senhora reparou?

E realmente tinha uma música, vinha de longe, não era a primeira vez que eu escutava. Eu tinha pressa, mas também tinha ouvidos.

– Quem é que está tocando?

Eu conversava com o homem descalço como se ninguém me esperasse em um lugar que eu não sabia qual, como se fôssemos amigos, embora nem soubesse o nome dele.

– É o da guitarra.

Eu não conhecia uma guitarra portuguesa, a melodia era triste e arrastada, e mexeu comigo de um jeito que eu preferia que não tivesse acontecido. Talvez eu estivesse muito sensível e nada tenha que ver com aquela música. Poderia ter chorado, mesmo se fosse em silêncio. Só os desesperados choram em silêncio. O homem sem sapatos me disse que o outro, o da guitarra, ficava ali todos os dias, do fim da manhã até o fim da tarde, recebendo os turistas na porta da vila, em troca de umas poucas moedas que deixavam dentro do estojo do instrumento. Foi o homem descalço que me contou onde ficava o restaurante que eu procurava, cujo nome eu não sabia, mas a descrição espacial e todos os detalhes da decoração estavam intactos na minha memória. Não era difícil: o restaurante tinha, além das mesas tradicionais com suas toalhas de um tecido escuro, paredes totalmente cobertas de estantes preenchidas de livros. Além disso, uma lareira circundada por imensos sofás de veludo, com duas mesas laterais envergadas pelo peso de mais livros. Não devia haver outro lugar assim naquela cidade tão pequena, ou em qualquer outro ponto do mundo. Estava perto, o homem descalço disse que eu deveria seguir naquela rua, virar à esquerda, e o restaurante estaria ali, esperando por mim, charmoso e meio exagerado, como na outra noite. Nos despedimos sem que ele se apresentasse, mas desejando um bom dia um ao outro, e falei também que ele devia se agasalhar, que o vento aqueles dias estava estranho e que ele ia ficar doente se continuasse andando daquele jeito. Ele apenas riu e disse que não fica mais doente. O que é mentira, porque todo mundo fica doente. Foi embora dizendo qualquer coisa que não sei se entendi.

– Hoje está um dia muito quente para bacalhau.

Estava frio. Não havia mesas do lado de fora. Entrei no restaurante para encontrar Pedro e Rute naquela que eu tinha certeza ser a mesa preferida deles. Porque era a mesma que ele escolheu na outra noite e porque os dois pareciam completamente à vontade ali. Também porque era uma boa escolha: relativamente perto da lareira, mas não o suficiente para que o calor do fogo incomodasse os olhos e a pele ou o som crepitante tão característico atrapalhasse as conversas mais discretas e comedidas. Pedro e Rute eram discretos e comedidos, e era fácil perceber que os dois, se pudessem escolher, preferiam passar despercebidos em qualquer situação. A mesa, obviamente, ficava encostada em uma parede, o que só deixava desprotegidos três dos quatro lados possíveis. Era uma mesa para quatro pessoas, e os dois estavam sentados um de frente para o outro, no canto. Era Rute quem estava de frente para a porta e foi ela que se levantou quando eu entrei e que, delicada e gentil, veio me buscar, caminhando de braços dados comigo até que estivéssemos seguras no forte que eles dois pareciam cultivar há anos.

– A Matilde parece muito melhor.

– E estou. – E entendi que algumas pessoas aqui vão sempre falar comigo como se eu fosse uma outra pessoa.

Pedro se levantou, puxou a cadeira para que eu sentasse e fez o mesmo com Rute, com movimentos rápidos e curtos, a respiração picada de quem parecia estar ainda nervoso. Pensando agora, Pedro sempre parece nervoso, talvez esse seja um traço dele e não um estado de espírito. A ver. Embora eu tivesse acabado de comer com avidez dois grandes sanduíches de queijo e um imenso copo de suco de frutas vermelhas, almoçar me parecia uma boa ideia. Rute sugeriu sardinha assada, o que me encheu a boca de saliva e os olhos de admiração: era saboroso, mas não muito pesado para quem estava em recuperação de nem sabíamos o quê. Rute se portava como uma boa anfitriã, mesmo que não fosse a sua casa. E, também, o dia estava muito quente para bacalhau, se foi isso mesmo que eu ouvi. Então os mesmos pães, azeitonas e queijos do jantar da outra noite, a mesma falta de jeito para começar o assunto que realmente importava. Falamos dos meus passos pela cidade, que agora já pareciam ter acontecido há tanto tempo. Comentamos sobre o frio fora de hora, que não incomodava só a mim. Rute disse estar muito feliz por me conhecer, e foi nesse momento que Pedro encontrou a deixa que precisava, a ligadura essencial para abordar o assunto. Ele queria já marcar a leitura do testamento para dali a dois dias, uma nova semana começando, todo mundo estaria na cidade, e precisamos resolver logo esse assunto. Eu disse que por mim tudo bem, que estava aqui exatamente por isso, que era só me dizer onde e quando eu deveria estar, que lá estaria, sem sobressaltos dessa vez. (Uma promessa irresponsável que, desconfio, eu não poderia cumprir.)

Eu já conseguia fazer piada da conjuntura, o que era um bom sinal. Rute e Pedro, entretanto, não sorriram, continuavam tensos, preocupados e, desconfio eu, se sentindo culpados por qualquer coisa que pudesse me acontecer. Mal sabiam eles como havia sido minha vida até aqui, uma sucessão de delírios e tardes enevoadas como aquela. Ainda faltava muito para me ser dito e eu soube que eles tentariam evitar o assunto, julgando que foi o passado dos meus pais que me colocou naquele lugar não tão confortável assim. Mas eu precisava saber. Meus pais iam se casar. Se conheceram em um Brasil distante, férias na praia, a água salgada cicatrizando as feridas de um e de outro e fazendo com que uma história improvável ganhasse força e espaço. João Maria precisava voltar, ele tinha uma vida em Portugal, nessa cidade que, de tão pequena, faz com que cada um dos seus habitantes seja indispensável. Minha mãe também tinha toda uma vida acontecendo longe dali, a cidade grande sem mar, mas com muitos novos negócios a torná-la cada vez mais importante. Se separaram apaixonados, com a promessa de se reencontrarem muito em breve, isso mesmo antes de saberem de mim. Falavam quando dava, telefonemas esporádicos e aflitos, cartões-postais e cartas que se perderam na história. E, no meio desse turbilhão e com o oceano que os empurrava cada um para um lado, não demorou muito para que minha mãe percebesse que algo estava errado, e isso sou eu que estou dizendo. Beatriz é metódica, atenta, neurótica. É claro que ela soube que uma vida queria crescer dentro dela.

E eu sei que ela estava sozinha. Nunca entendi muito bem a relação de Beatriz com minha avó. Sei, sim, que mães e filhas têm suas questões, que muitas vezes é tão difícil se comunicar, se entender, esquecer certas coisas. Mas as duas, desde que consigo me lembrar até o dia em que minha avó foi enterrada, nunca se mostraram muito próximas ou dispostas a isso. Não havia tensão, mas um distanciamento previamente estabelecido, uma relação formal e sem nuances, e agora tudo parece fazer sentido, era óbvio que minha mãe tinha escondido muito da mãe dela e isso machuca, sempre machuca. Ela veio para Portugal, João Maria providenciou tudo, Pedro e Rute se lembram da correria de todos para transformar a casa daquele homem solteiro em um lar, um espaço onde Beatriz se sentiria em casa, onde eu poderia crescer e ser o elo que os dois nem precisavam, desde os primeiros meses daquela gestação. Foi Rute quem cuidou da pintura da casa, só havia um quarto, mas Beatriz disse que era suficiente para os nossos primeiros anos, que depois, mais acomodados e acostumados à nova realidade, nos mudaríamos todos para uma casa maior. Ela disse que tudo era lindo. Eu tinha certeza de que era, mas quando perguntei se podia conhecer, os dois se olharam com aquela tensão que todos já conhecemos. Eu saberia depois que seria impossível ver aquelas paredes pintadas em lichia-desbotada, o único quarto que nos abrigava. Minha avó também nunca pôde ver o quarto onde nasceria a neta, e isso machuca, sempre machuca. Mas eu não nasci ali, e talvez isso devesse bastar para se perdoarem uma à outra. Ou talvez não.

Rute e Beatriz se deram bem, para alegria de João Maria e Pedro Cruz. As meninas deles virando também uma da outra, gostando também uma da outra. Rute exercia o seu dom de anfitriã com alegria e empolgação. Alguém de fora daquela cidade, uma cabeça nova, emoção irrecusável e, para além de João Maria, ela era a segunda opção. As duas passavam longas horas juntas, caminhando pelo pouco espaço que se oferecia, planejando a vida que viria a ser minha, mas que naquela época ninguém sabia de quem. Eles não quiseram saber o sexo, Pedro contou, Rute confirmou com os olhos cheios de emoção, a boca fina e enrugada não conseguindo esconder um sorriso melancólico. Diz que a vida foi seguindo assim, todo mundo feliz, ansiosos por mim. Beatriz, eles acham, sem muita certeza, tentou continuar com a empresa no Brasil, tinha uma equipe capacitada que poderia cuidar do dia a dia até que ela resolvesse o que fazer. Aquela cidade minúscula não seria suficiente para ela, todos temiam. Todos menos ela, Rute me disse que Beatriz parecia feliz, que estava feliz. Eles não se lembram de tudo, já faz muito tempo, tanta coisa aconteceu. Ainda assim, disseram não esquecer o dia que Beatriz foi embora, a barriga já imensa, o atestado falsificado porque médico nenhum autorizaria aquela mulher a entrar num avião para uma viagem tão longa, e uma determinação que eu herdei, uma força que aquela mulher tinha e que era só dela e que agora era minha também. Era tão triste que as coisas tivessem seguido aquele rumo, o Pedro dizia, estava tudo indo tão bem, estávamos todos tão felizes, até que não mais. Até que João Maria urrava para a cidade toda ouvir, Beatriz chorava enquanto juntava os poucos pertences de que precisaria na volta e Pedro e Rute tentavam resolver as coisas. Sem sucesso, como não é difícil perceber. O surto, como eu já sei que você sabe.

13

Tem verdades que ninguém quer escutar. Me incomoda que essa conversa aconteça aos punhados, que o Pedro vá me passando as informações tão doloridas, inesperadas ou as duas coisas, em encontros que acontecem a cada dois ou três dias e que são bruscamente interrompidos pelo simples fato de que já está ficando demais. Mas talvez tenha sido culpa minha também, e acho que, se fosse Pedro a contar esta história (a minha história), ele diria que eu não tenho facilitado muito as coisas, porque me levanto bruscamente quando dói demais, ou porque me fecho em mim, e aí não é preciso muito para perceber que eu já não escuto qualquer coisa, os olhos que nem piscam, parados em um ponto que não existe, ou porque eu me tranco naquele quarto de hotel e fico horas e horas sem que saibam de mim, todo mundo menos o meu cão. Uma parte de mim quer sentar em algum lugar silencioso e ouvir tudo o que ele tem a me dizer, sem pausas, sem drama. Foi para isso que vim, afinal, e eu sabia que ia doer. Eu gosto quando dói, como quando você já está nadando por tempo demais com a cara enfiada na água, mas sabe que puxar o ar agora vai te atrapalhar, e sente os pulmões queimarem, e os músculos reclamarem, e a cabeça parece que vai explodir, e tudo dói, mas ainda assim é bom. Outra vez, não consegui ficar naquele restaurante, não depois de tudo o que ele disse, nem mesmo em consideração a Rute, que chorava descontroladamente e soluçava forte e sem pausas, quase que não me deixando ouvir o que Pedro tinha a dizer. Saí apressada dali, tropeçando no tapete e em todos os meus medos, o que me parecia antes um lugar seguro não era exatamente isso, não era nada disso, e a mesa encostada na parede era só uma forma de não deixar que todas aquelas palavras fossem embora, elas batiam nos tijolos e voltavam para mim, e tudo ecoava dentro da minha cabeça em um ritmo que não era fácil acompanhar. Eu sentia o coração crescendo dentro do corpo. Não é como se ele fosse sair pela boca, mas eu percebia que ele começava a esmagar outros órgãos vitais, como o pulmão e o estômago, e, de repente, ficou difícil respirar ou engolir qualquer coisa, mesmo a água que colocaram na minha frente. E Rute chorava. E Pedro piscava freneticamente, nervoso, mas não parava nunca de falar, como se a coragem tivesse chegado e ele soubesse que qualquer pausa, por mais breve que fosse, colocaria tudo a perder. Eu sabia que não devia ter perguntado do surto, aquela palavra que já me incomodava desde a primeira vez que foi dita, aquela sensação de que surtávamos eu e o João Maria, mas eu precisava saber. E agora que sabia, eu queria que o fato de levantar daquela mesa e sair correndo pelas perigosas pedras daquela cidade maldita me fizessem esquecer tudo o que fora dito. Mas nos encontraríamos novamente para outras refeições.

Aqui, anda-se rápido ou devagar, corre-se ou não, e se chega sempre ao mesmo lugar, esse muro que separa o que acontece aqui do resto do mundo. Eu já tinha visto algumas pessoas caminhando em cima dessa muralha, o chão de pedra muito irregular, o espaço restrito, um metro e dez de largura, no máximo, centímetros de menos que obrigavam uma pessoa a se encostar nos muros e prender a respiração quando vinha alguém em sentido contrário. O vento ameaçando quem quer que fosse e o sol mais uma vez fracassando em seu trabalho de nos aquecer. Era do alto daquela muralha que os homens de outros tempos, os guerreiros, os soldados, observavam as invasões inimigas, concentrados em proteger bens, sobretudo suas mulheres e crianças. Se houvesse uma invasão, coitadas, poderiam até não morrer com uma flecha no peito, mas sem dúvida sofreriam nas mãos de não sei bem quem, não conheço os inimigos dessa cidade. Mas as mulheres sempre sofrem nas guerras mudas que nunca acabam, uma herança que já carregamos há muito tempo. Eu já tinha visto pessoas andando ali em cima, mas nunca tinha me interessado pelos caminhos que levavam até o ponto mais alto do meu novo mundo, ou pela possível e inevitável adrenalina de estar ali, sem grades de proteção, sem qualquer coisa que evitasse a queda. Isso não era comum no Brasil ou em qualquer outro lugar em que eu já tenha estado. Se existe um risco à população local e, principalmente, às dezenas de turistas que passam por ali diariamente, qualquer monumento, atração ou ponto de interesse deve ser previamente preparado para receber o público, mesmo que isso signifique prejudicar toda a experiência originalmente vinculada ao espaço. Mas ali, não. Se era perigoso andar pelas muralhas há dois mil anos, seria agora também. E sem que me desse conta, eu estava vivendo o mesmo perigo dos meus antepassados, caminhando lenta e tensa por aquelas pedras, esperando avistar meus inimigos antes que eles conseguissem se aproximar de mim. Mas meus inimigos não viriam por terra, eu já devia saber.

Quantas vezes meu pai caminhou por essa muralha? Será que Beatriz, com uma criança dentro dela, se arriscou por ali também? Duvido.

Lá de cima, eu via meu novo e restrito mundo. Via a fachada do hotel onde eu morava agora. O restaurante de onde tinha acabado de sair, deixando Rute e Pedro confusos e aflitos outra vez. As poucas pessoas que caminhavam pela rua, vencendo um frio que nunca vai embora. O caminho que eu sabia que Pedro e Rute fariam para chegar ao seu carro, que precisava ficar fora da cidade, já que era impossível estacionar ali, em quase todos os lugares. De cima, eu via a única loja dos correios, uma padaria, a estampa irregular de alguns telhados, que misturavam telhas muito novas com outras gastas, velhas, sem cor. Via as paredes, que eram mais brancas no alto, longe da indiscutível habilidade humana para estragar qualquer coisa. Ali, onde as casas eram pintadas de branco, com os marcos de portas e janelas em azul ou em amarelo, ou em um vermelho tão bonito, as pessoas gostavam de sujar os dedos na tinta colorida e deixar seus nomes nos muros brancos. Era tão estúpido quanto soa. E me dava uma raiva quase inexplicável. Lá de cima, eu via muita coisa, mas me faltavam perspectivas para os próximos minutos, os próximos dias, para toda essa vida. Mas não, não me passou pela cabeça a ideia de pular dali ou de qualquer outro lugar. Eu nunca quis morrer de verdade e, nem nas minhas piores crises, tive muita paciência com quem não gosta da vida. O fato é que acabar com a vida é muito fácil e, por isso, só vive quem quer viver. Não diga que está cansado de viver se você não tem coragem para colocar um fim nisso. Talvez eu já tenha dito isso, mas hoje me soa ridículo e imaturo. Querem morrer, que morram! Eu só queria mesmo conseguir respirar um pouco e descobrir onde colocar todas as notícias que Pedro me deu, sob o olhar dolorido e inofensivo de Rute.

Ninguém nunca tinha desconfiado, eles disseram. João Maria sempre fora uma pessoa tranquila, e todo aquele silêncio sempre fora entendido como timidez. Era até charmoso, a Rute disse. Combina mesmo com Beatriz, eu pensei. Um homem tão bonito e tão ensimesmado, figura curiosa, trabalhadora, distraída. Nem na infância ou na adolescência tinha havido qualquer coisa de estranho, qualquer sinal ou sintoma. Ele era, sim, mais quieto, e Pedro precisava sempre se esforçar para tirar o amigo de casa, para convencê-lo a pegarem a estrada para se exibirem em uma festa em qualquer cidade que oferecesse mais vida do que aquela. E tinha a inteligência quase absurda, quase obscena, a velocidade insólita com que ele fazia cálculos, suposições, tomava decisões. Ouvia a mesma música intermináveis vezes, mas quem não tem suas manias? Pedro me disse que foram duas ou três vezes que viu o João Maria realmente nervoso, quase descontrolado. Mas eram motivos justos, completamente legítimos. Como quando, ainda crianças, participaram de uma excursão para Lisboa. A ideia da professora era visitar um zoológico, e meu pai dissera à mãe que não queria ir, que não queria ver os bichos presos, atrás das grades, quando eles deviam estar correndo soltos em seus lugares de origem, que definitivamente não era no meio de uma cidade tão quente e movimentada. Mas a mãe dele, minha vó, disse que ele tinha que ir, que se a escola queria, seria assim, e que não reclamasse e ficasse feliz como as outras crianças. O João Maria foi emburrado, a testa oleosa encostada na janela suja, a voz de Pedro tentando animá-lo em vão. Ele só abriu a boca quando, diante da jaula do rinoceronte, o menino José Luís atirou uma pedra nas costas do bicho, que tentava dormir, entorpecido de calor e tristeza. Foi como se a pedra tivesse atingido o próprio João Maria, que partiu para cima do José Luís e gritava e batia os punhos fechados no peito do outro. As crianças berravam, pulavam, agitadas, e só Pedro se mostrava aflito porque a professora estava longe e demorou até que a confusão fosse controlada. João Maria teve as mãos machucadas, mas a honra daquele rinoceronte estava salva para sempre. Pelo menos a honra, já que o resto estava condenado, o Pedro Cruz filosofava. Das outras vezes o Pedro não se lembra, mas tem a certeza de que eram motivos bonitos como esse e, por isso, ele nunca desconfiou. O João Maria quase nunca estava nervoso e, se o Pedro viu isso acontecer tão pouco, a Beatriz nunca tinha visto. Até aquele dia, o dia que fez Rute chorar, o dia que agora também me arranca lágrimas que gelam minha cara nesse maldito inverno que eles chamam de outono, no alto desse muro que é meu, mas que poderia ser de qualquer um.

Beatriz já estava barriguda. Eram trinta semanas, se Rute não se engana. Isso significa que eu já tinha mais de trinta centímetros de comprimento, fechava e abria os olhos e até as unhas das mãos e dos pés já existiam, o médico tinha dito. Eu já era alguém, eles só não sabiam quem. Minha mãe e Rute tinham saído para tomar um chá no final de tarde. As duas sempre faziam isso, uma tentativa de distrair Beatriz do desconforto, do cansaço por não encontrar posição para dormir e da falta que a cafeína lhe fazia no sangue. Eu também gosto de café, já mencionei que gosto de café? E sim, eu também já tive os meus acessos de raiva, mas, como o João Maria, tive os meus motivos. Nós não somos loucos. Ou somos? Beatriz ainda toma chá e já o fazia desde aquele tempo. Quase todos os dias, no mesmo horário, no mesmo lugar. Era uma livraria que não existe mais, era um chá de camomila. E por mais que tente, a Rute não consegue se lembrar do que é que as duas tanto riam quando entraram na casa do meu pai, na casa dos meus pais, as paredes do quarto recém-pintadas, cor de lichia, esperando minha chegada. Riam alto, como fazem duas amigas que têm intimidade e idade para isso. O riso solto e ainda na porta da cozinha, depois de atravessar o quintal, encontraram João Maria parado no meio do cômodo, as pernas um pouco afastadas, os pés paralelos em posição de ataque. Um olhar que ela nunca tinha visto, a Rute. Minha mãe, por certo, também não. Era como se atravessasse as duas e fosse parar só na parede, ou atrás dela. Ele não as via, mas falava com as duas mulheres.

— Quem é que pensam que são para entrar na minha própria casa, rindo de mim? Eu não sou idiota.

E mesmo assustada, Beatriz sorriu e brincou.

— Você tá louco, meu amor? — Minha mãe se aproximou do meu pai, a mão levantada para lhe fazer um carinho no rosto.

João Maria segurou a mão da mulher, a mão da minha mãe, com uma força que não se sabia que ele tinha ou não se imaginava que ele pudesse usar. Ele, sempre tão quieto, sempre tão doce. Ele, que se Beatriz queria, lhe dava o mundo. Os dedos todos ficaram roxos depois, como se não bastasse o inchaço por causa da gravidez.

— Quem mandou vocês aqui? E tu, não encostes em mim.

Não foi exatamente um empurrão, mas João Maria abriu passagem quando minha mãe estava na frente, parada, com a barriga imensa que carregava um filho dos dois, os olhos foscos de pavor. Ele saiu batendo a porta, gritando que ia matar quem é que tivesse mandado aquelas duas para rir da cara dele. Beatriz, o corpo que tremia e se deixava ficar na cadeira da cozinha, olhava os dedos machucados e as lágrimas que molhavam tudo, a sensação horrível de não entender nada, o medo imenso do que estava para acontecer. Rute, coitada, ligou para o Pedro, sem saber como consolar a amiga de alguma coisa que, de tão estranha, era inconsolável.

Ele não demorou a voltar, não se podia ir muito longe naquela cidade. E voltou mais estranho do que tinha ido. Rute conta que ela e Beatriz já tinham decidido que, quando ele chegasse, as coisas encontrariam seu lugar: João Maria explicaria o que fosse possível ser explicado, pediria desculpas, abraçaria a barriga de Beatriz enquanto beijava os dedos machucados e chorava a dor que causara. Por isso, as duas estavam relativamente calmas quando ele entrou e, também por isso, tiveram o mesmo susto e o mesmo desespero da outra vez. João Maria não estava calmo, tinha o olhar ainda vidrado, como se não enxergasse o que estava à sua frente, mas agora tudo se escondia em um rosto assustador, sujo de sangue ainda líquido, que escorria de um corte profundo na cabeça, logo onde os cabelos começam a nascer. Rute disse que nunca se imaginou em um filme de terror, justo ela, que era tão medrosa para essas coisas. Ela procurava as palavras para me dizer, mas, no fim das contas, era exatamente isso: um filme de terror. Depois se soube que João tinha batido o carro, foi preciso lidar com todo o prejuízo, como se o que acontecia ali não fosse suficiente. Ele chegou antes de Pedro, e as duas, uma delas comigo em uma barriga já pesada e muito pouco prática, conseguiram se trancar no quarto deles, de onde só ouviam os gritos, os urros de uma pessoa totalmente desconhecida e aterradora.

Eram palavras que qualquer um acharia difícil ouvir, impossível de esquecer. João Maria acusava Rute e Beatriz de estarem ali para destruir a vida dele, usava nomes que minha mãe só conhecia porque, certa noite, os quatro felizes como já tinham sido um dia, jantavam em casa e ela pediu que lhe contassem os piores palavrões lusos, aqueles que ela nunca teria coragem de usar e que, provavelmente, não ouviria nunca mais. Fizeram uma lista, riram bastante, até Rute, envergonhada, se arriscou a repetir alguns, coisa inédita em uma vida que já contava muitos anos. E agora as duas escutavam quase todos eles da boca de um dos homens mais doces que já haviam conhecido, mas que não estava mais ali. No meio de tudo isso, Beatriz ainda conseguia se preocupar com o que os vizinhos pensariam. Era uma cidade minúscula, os vizinhos certamente pensariam alguma coisa. Os punhos de João Maria fechados, acertando a porta com brutalidade. Beatriz encostada na parede oposta, o coração disparado e o corpo tremendo no ritmo das batidas daquele homem que ela pensou que um dia seria seu marido.

Tudo só parou quando o Pedro chegou, fazendo barulho, batendo porta, falando alto com aquele que deveria ser o João Maria, mas claramente não era. Disseram que minha existência veio à tona, que Pedro Cruz falou do meu nascimento, da nova vida, de um bebê que certamente deveria estar assustado com tudo aquilo. João disse que não tinha filho, que não tinha mulher, que era sozinho e assim seria toda a vida, e que não era burro para acreditar naquela conversa, que mataria mãe e bebê antes que fôssemos capazes de fazer mal a ele. Eu mato todo mundo, foda-se. Disse que não sabia o que é que estava sendo tramado ali, mas que destruiria quem quer que fosse, que faria o necessário. Pedro precisou de ajuda quando João Maria decidiu que ele seria o primeiro, e enquanto se agrediam, dois vizinhos assustados entraram também pela porta da cozinha e foi preciso que os três, juntos, imobilizassem meu pai. A ambulância demorou a chegar, e acho que foi aí que começou uma espécie de sina, o socorro que nunca estava lá quando ele precisava. Não sei julgar isso nem nada mais do que Pedro e Rute me contaram, cheios de cerimônia, cheios de medo de que aquilo tudo pudesse me destruir, mas o que eles não sabem é que eu sou forte, que sou filha da minha mãe.

O vento, o muro, os muitos metros acima do chão. As pessoas que passam lá embaixo, apressadas, encolhidas, o corpo reclamando do vento frio que não reclama de nada. "As pessoas" inclui o homem sem sapatos, que empurra sua bicicleta longe daqui, mas que é inconfundível em seus gestos, os passos determinados que não parecem se incomodar com o que está em volta. Ele não me vê, pois nem olha na minha direção, mas daqui eu vejo o mundo, a altura que me dá clareza para pensar, inclusive que Pedro e Rute podem estar mentindo. Se Beatriz pudesse me responder, se ela se lembrasse de qualquer coisa, se mais alguém que pudesse me confirmar que João Maria existiu, que ele foi meu pai, que essa história horrível de surto, de sangue, de gritos ensurdecedores aconteceu de fato e que, no fim das contas, não somos tão diferentes assim. Já não sei no que acredito e, se eu estiver mesmo aqui, onde estão meu cachorro, aquele homem da outra noite, qualquer pessoa que me veja?

14

Eu já estava de novo enfiada naquele quarto. Gostaria de poder dizer que havia chegado há pouco, que desci daquele muro e vim direto para cá, remoendo em silêncio toda a história que não preciso repetir. Mas, ao que parece, eu não tenho muita clareza sobre como o tempo passa deste lado do mundo, e pode ser que sim, mas pode ser também que já tenham se passado dias desde que tranquei essa porta. Pode ser que eu e meu pai sejamos feitos da mesma matéria incerta e absurda que não nos deixa ter controle sobre nossas decisões e nos fazem machucar os outros quando nem sabemos que estamos fazendo isso. Ou pode ser tudo mentira.

O surto: um surto psicótico. Explicaram para Beatriz como se fosse uma gripe, e o fato de ela não conseguir responder muitas perguntas sobre o passado dele parecia fazer com que os médicos da cidade não se importassem com sua presença. Ninguém deve explicações para alguém que não esteve aqui todo o tempo, é como se quisessem dizer que João Maria era deles, na saúde e na doença, na loucura também. Falavam disso enquanto meu pai estava dopado, os pulsos amarrados com grossas faixas de couro nas grades da cama, um líquido contínuo e esbranquiçado escorrendo da boca constantemente aberta. Ele quase não piscava, o que deixava os olhos com um aspecto molhado e muito triste. Beatriz só fazia pedir que tirassem aquelas amarras, ele era um homem bom, não faria mais nada, tinha alguma coisa errada. Porque é que a gente se esquece de engolir a saliva nessas horas tão difíceis, penso, com a boca úmida e encarando os pulsos, em busca de marcas que pudessem me dizer que também eu já fora amarrada a alguma cama. Não encontrei.

Foi Rute quem mandou minha mãe embora e, ainda que até hoje saiba que foi a melhor coisa a ser feita à época, frase que ela repetiu dezenas de vezes em nosso último encontro, não se pode dizer que tenha orgulho disso, o que é fácil de perceber na sua expressão triste e pesada. Se minha mãe tivesse ficado, eu não estaria aqui hoje. Ou talvez sim, mas as condições seriam outras, e as lágrimas me contariam novas histórias. Ainda não aconteceu a leitura do testamento, não sei se existe mesmo esse documento e nem sei se quero qualquer coisa do meu pai, parece que, afinal, já herdei bastante coisa desse homem que não me foi dado o direito de conhecer. Pedro escreveu pedindo para conversarmos, para o que ele está chamando de capítulo final dessa história que, há dez dias, eu nem imaginava que pudesse ter acontecido. É tudo um pouco irreal, e a falta dos meus óculos não me ajuda. Também sinto falta de nadar. A intensidade dos acontecimentos faz com que eu me sinta um pouco dopada, uma névoa acompanha todos os meus pensamentos, como se os médicos do meu pai encontrassem em mim os efeitos colaterais daquele tratamento. Já não sei dos meus remédios. Talvez ainda chegue a minha vez de ser amarrada a uma cama, e, quando isso acontecer, que Bitoque esteja comigo. Pedro ainda encontra forças para dizer que, apesar de tudo, os acontecimentos e escolhas dele e dos outros serviram para me trazer até aqui, e que me ver tinha feito tudo valer a pena. É claro que isso era mentira, porque o outro cenário era eu sendo a filha de João Maria e Beatriz, os melhores amigos que ele e Rute podiam ter, uma família feliz, comigo crescendo e brincando sempre por perto, e eles também. Talvez assim João Maria ainda estivesse vivo, eu poderia ter escolhido cuidar do negócio com ele, e aí quem estaria saindo da oficina aquele dia seria eu, o corpo esmagado e morto no asfalto seria o meu.

Mas Beatriz foi embora e depois eu não sei o que aconteceu, esse algo que me trouxe aqui, caminhando assustada pela muralha, esperando encontrar a escadaria mais próxima do hotel para que eu pudesse me enfiar de novo nesse quarto maldito dessa cidade maldita que parece arrancar de mim tudo o que eu tenho de bom. Não precisei abrir a porta do quarto para saber que Bitoque me esperava, já criamos nossa rotina e nosso relacionamento, o cachorro fareja minha aproximação e, todos os dias, sem falha, vai me receber, o corpo alegre balançando atrás da cortina, como uma dançarina que espera um admirador para lhe deixar uma ou duas notas no elástico da calcinha. O cachorro sobe direto para minha cama: nunca houve uma autorização formal para que ele fizesse assim, mas temos um acordo tácito. Eu não falo disso para ninguém e ele não fala de tudo o mais. É só aqui, dentro do quarto, que tenho internet para falar com o resto da minha vida, as distâncias que são menores que no tempo dos meus pais, mas que ainda existem. As distâncias nunca vão deixar de existir, todos nós sabemos disso.

(Beatriz só tem uma rotina porque a obrigam. Agora mesmo queria estar dormindo, que é quando os pensamentos deixam um pouco de espaço para a cabeça descansar, mas um par de mãos quase cuidadosas a guiou para a poltrona que não é de couro, mas finge ser, as costas apoiadas em almofadas que não combinam com nada, a televisão ligada sem som e os olhos que precisam permanecer abertos porque é muito pouco confortável dormir sentada. E se o corpo cede, por poucos minutos que seja, as mãos voltam para reacomodar as costas dela, a senhora não quer colocar os pés nesse banquinho, vai ficar mais confortável, mas não dorme agora não, porque daqui a pouco tem remédio, ouviu?)

A cada vez que entro nesse espaço sufocante, vejo a luz da tela de vidro do meu celular brilhar em modo contínuo, alguém que quer muito falar comigo. Passo por três ou quatro mensagens e chego a um e-mail do meu editor, querendo saber como anda o projeto, e meu primeiro impulso é dizer que já não abro o arquivo da tradução há uma semana (o que pode ser verdade, embora possa também ser uma mentira perigosamente comprometedora, já que eu não sei que dia é hoje), mas sei que isso colocaria em risco uma série de escolhas que fiz ao longo da vida e, por isso, prefiro ficar calada. Meu silêncio pode significar um trabalho intenso e dedicado, se eu conseguir recuperar mais esse prejuízo nos próximos dias, e talvez eu deva mesmo me concentrar nisso. Tem as notícias da minha mãe, que são frias e poucas e quase não significam nada para mim, pois ignoram meus pedidos de foto, áudio ou qualquer coisa que me faça acreditar que ela ainda existe. E tem também o silêncio de Abel, que começa a me incomodar.

Quando cheguei aqui, ele queria saber de cada passo, me perguntava detalhes de que, tenho certeza, não se lembraria quinze minutos depois, me rastreava com a desconfiança de quem já viu muita coisa acontecendo, e agora, nada. Eu sei que não atendi as ligações por muito tempo, mas obviamente não foi culpa minha, não pode ser se eu nem vi o tempo passar, e eu quis ligar para ele assim que soube quem era. E, sem que eu perceba, a palavra "surto" volta a ocupar um espaço importante na minha mente. Como era bom quando se podia controlar qualquer coisa. E agora Abel não me atende, não responde às minhas mensagens, e essa maldita tecnologia que me deixa saber que ele está lendo tudo o que escrevo, mas prefere continuar me ignorando. Eu entendo, também. Ele sabe que estou viva, e isso deve bastar para um namorado magoado. Mas não basta para mim. Sei que fui eu quem disse que precisava fazer isso sozinha, mas sem ele não vou conseguir. Abel, por favor, o recado já foi entendido, agora me atende, vamos conversar, me deixa te contar o que está acontecendo aqui, você não acreditaria. Eu tento mais tarde, vou ficar com o telefone do meu lado todo o tempo, somos eu, ele e Bitoque. É um projeto interminável de tradução, um livro que não é sobre mim, pelo menos não mais que sobre o resto do mundo. É uma tragédia familiar, um surto psicótico, minha mãe com os dedos machucados, justo ela, que sempre teve a pele tão fina, tão sensível e que, apesar de forte e corajosa, tem tão pouca resistência à dor.

Talvez eu deva me concentrar nos trabalhos com o livro, talvez seja bom eu tentar não irritar mais uma pessoa. Meu editor não pode me odiar, porque eu ainda preciso comer e pagar o aluguel, e esse trabalho equivale a muitos aluguéis, de modo que não posso me dar ao luxo de simplesmente não entregar a porra do trabalho porque meu pai morreu. O pai de todo mundo morre um dia, e não é só porque o meu foi atropelado, depois de anos de uma doença mental que culminou naquele surto violento e traumático, que nos separou a todos, e minha mãe não me reconhece, que tenho o direito de passar o dia dormindo, que era exatamente o que eu queria fazer. Traduzir um livro não é a tarefa mais fácil de todas. Mas pode funcionar, quando você tem tempo e tem cabeça. Quando você acredita que pode, de alguma forma, entender aquele mundo, as escolhas de um autor que, na maioria das vezes, você nem conhece, oferecendo sua visão e o seu mundo para leitores que você nunca conhece. Para contar do seu jeito o que outra pessoa criou, para escolher as melhores palavras, pensando no sentido, nos significados, mas também no ritmo. No som que elas vão fazer dentro da cabeça de cada um, na forma como a letra final de uma precisa combinar com o início da outra, uma beleza que é quase uma doença, qualquer coisa que ninguém ia entender.

Abri o computador, encontrei o arquivo do trabalho e passei muito tempo encarando aquelas letras que, de repente, não faziam tanto sentido assim. Eu sei que é normal que se demore a encontrar um ritmo depois de algum tempo distante de um projeto, meu corpo ainda tentando se acostumar às férias forçadas e agora interrompidas, e cada palavra que parecia difícil demais de ser traduzida, de existir no português, que, mais do que nunca, era a minha língua-mãe. Da cama, o Bitoque parecia não se dar conta da minha dificuldade, os olhos fechados em sonhos impossíveis, a respiração ritmada que eu poderia culpar pelo meu insucesso. Eu sentia fome, porque agora eu sempre sentia fome, mas precisava ficar ali, precisava trabalhar e, mais que tudo, estar disponível, acordada e conectada quando o Abel quisesse falar comigo. Eu teria muito tempo para comer. Não agora.

Eu fingia que trabalhava, olhando o celular a cada trinta segundos e pensando quantos trinta segundos cabem em uma eternidade, esperando que Abel me respondesse, que Abel me ligasse, que ele voltasse a gostar de mim. Tentava imaginar o que ele estaria fazendo àquela hora. Em Portugal, meu pai continuava morto, mas, no Brasil, ainda era manhã, ele devia estar acordando, preparando um café, andando de cuecas pelo apartamento quase sem móveis em que ele gostava de morar.

(No Brasil, Abel ainda estava na cama, olhando a foto de Matilde na tela de seu celular, decidindo o que fazer com aquelas mensagens que indicavam desespero e uma instabilidade que tanto o irritava. O tempo estava bom, a luz que entrava pela janela era bonita, o vento batia de leve no rosto barbudo que precisava acordar. Matilde não podia fazer tudo aquilo e depois voltar como se ele fosse estar sempre ali. Ainda que ele fosse estar sempre ali.)

15

O dia da leitura do testamento amanheceu como todos os outros: o frio lá fora e meu corpo quente dentro do quarto. Eu não conseguia me entender com o aquecedor, e só havia duas possibilidades de temperatura, derretendo ou nevando. Não era uma cidade para os medíocres, afinal. Como inverno eu já tinha na rua, acabava preferindo o calor quase sufocante de uma sauna particular, que, além de uma leve desidratação, não podia me fazer mal nenhum. Eu achava que nada mais naquela cidade poderia me fazer mal, tudo o que já tinha me acontecido haveria de ser suficiente, até os deuses mais cruéis sabem a hora de parar. Não que houvesse um Deus, nada por ali parecia indicar que haveria alguém olhando por mim. A mesma solidão de sempre, o medo e o projeto que caminhava a passos lentos em um computador que era a única luz naquele quarto já havia alguns dias. Eu desconfiava que não estava fazendo sentido, mas também não podia ficar parada. Eu me alternava em um circuito de digitar palavras erradas naquele teclado teimoso, tentar falar com o Abel, coçar a cabeça bonita do Bitoque e encarar a parede que tinha o espelho e a foto do meu pai e os cartões-postais que eram dele, depois do Pedro e agora meus.

Nos encontraríamos todos depois do almoço, na sala de reuniões do escritório do Pedro, cujo endereço eu ainda não sabia. Toda a gente que o João Maria queria que eu estivesse junto no momento da leitura do testamento, uma formalidade para ouvir as palavras de um morto. Mas se ele era louco, como poderia haver um testamento? E aquilo sobre o perfeito juízo e as faculdades mentais? O Pedro não gostava que eu usasse a palavra "louco" e era severo ao me responder essa pergunta, que eu fiz uma, duas, três vezes. O João Maria não era louco, Matilde. Esquizofrênico, e depois de tudo o que aconteceu ele tomava seus remédios e a vida andou como deveria, a cidade inteira que não me deixa mentir, o negócio próspero que tu sabes tão bem quanto eu, e não fala assim do seu pai, menina, não fala assim, por favor. Talvez o Pedro Cruz também tenha as suas formas de enganar a verdade. Porque meu pai, o João Maria, disse que acabaria com minha mãe. Acabaria comigo, também, se precisasse. E isso não é loucura? A menos que seja tudo mentira. O João Maria não era louco, talvez eu seja. O sangue que me corre e os remédios que me faltam e já não sei há quantos dias eu estou aqui. Não tenho tomado remédio nenhum e nem devia dizer isso a ninguém. Mas os olhares das pessoas na rua me fazem pensar que talvez elas já saibam. Eu não tinha ainda me perguntado se queria fazer isso, mas já há algum tempo eu não podia voltar atrás e agora menos ainda. Eu tinha toda a manhã para me preparar para as próximas horas, para tentar encontrar forças em terra estrangeira, para me olhar no espelho, ainda que sem óculos, conseguindo ou não enxergar além daquelas fotos e cartões-postais que nem sei se deveriam estar ali. Eu tinha ainda a manhã inteira para convencer a mim de que o que quer que acontecesse naquela sala não seria o suficiente para me derrubar. Eu tinha medo, mas isso não era novidade.

O café da manhã foi difícil de engolir, pela ansiedade que costuma encher o estômago, mas também porque o olhar do outro sempre pesa na gente. Já há algum tempo, as pessoas do hotel, hóspedes ou equipe, me olhavam com estranheza, expressões acusatórias que eu fingia não entender, que tentava sem sucesso ignorar, olhando sempre à frente, com o pescoço levemente inclinado, fazendo acreditar que me sentia segura. Talvez Portugal seja um pouco como o Brasil, e aquelas pessoas que estiveram no meu quarto tenham se divertido ao compartilhar com os colegas as cenas mais improváveis que encontraram ali, o chão molhado com a urina do cão, a mulher desmaiada, o telefone que não calava a boca enquanto Pedro não sabia o que fazer. Talvez, todos juntos, tenham se divertido às minhas custas. Ou talvez eu ande mesmo estranha e os olhares sejam de medo, medo recíproco é muito mais poderoso. Eu sei o que eles pensam, só poderia mesmo ser filha do João Maria, o homem que, só há pouco eu fui saber, passou longos meses internado em uma clínica psiquiátrica, os remédios que deveriam fazer bem anulando toda a sua personalidade, e aquele efeito colateral horrível de gerar na boca dele uma quantidade de saliva que ninguém saberia como lidar. Meu pai passou meses babando, e antes disso ele disse que acabaria com minha mãe, acabaria comigo, se precisasse, e eu não sei o que é pior. O Pedro disse que demorou muitos dias até que o João Maria conversasse com ele, que aceitasse que o que ele estava contando não eram mentiras e que Beatriz tinha ido embora. Até que ele lembrou. A última vez que minha mãe viu meu pai foi deitado em uma cama de hospital, os pulsos e os tornozelos amarrados feito bicho, o olhar perdido que saía do semblante inexpressivo para chegar a lugar nenhum. E tudo o que eu penso agora é que se hoje ele a visse como está, os mesmos olhos vazios, poderia talvez começar a entender o que ela sentiu naquele dia, ou o que eu acho que foi, o que seria para mim, o que tem sido para mim. A sensação de olhar um grande amor, de ver um grande amor mas não reconhecer ninguém ali.

Tenho pensado muito na minha mãe. O mais difícil é saber que ela não pensa em mim e que, provavelmente, nunca mais vai pensar. Me parece que ficar por aqui é uma forma de aceitar o que ela definiu para a vida dela: uma mulher sem filhos, em busca de um antigo amor do passado. Digo isso sem mágoa nenhuma, sei que minha mãe me amou muito, enquanto conseguiu. Mas em algum momento ela deixou de ser, foi absorvida por uma doença que talvez acorde verdades, mais do que esconda qualquer coisa. Uma doença precoce, que tomou conta dela em uma velocidade impossível, por que justo com ela? Uma coisa qualquer que a deixou presa em um passado em que eu não existia. Aqui eu também posso ser passado, o que me deixa ser alguém. Em todos esses anos, pensei que a conhecia. As características tão fortes que me despertavam respeito, admiração e a sensação de que nada naquela mulher combinava com um desistir. Mas foi exatamente isso, ela desistiu do meu pai, desistiu da nossa família, desistiu desse lugar que, olhando do ângulo certo, tem qualquer coisa de sagrado. Ela simplesmente foi embora, como se aqueles dedos machucados não pudessem mais segurar coisa alguma, como se meu pai não tivesse direito a mim, só porque, em um dia comum, deixou de ser ele mesmo. Eu não diria, se me perguntassem, que minha mãe fugiria de qualquer coisa. Hoje eu perguntaria a ela por que não ficamos, mas minha mãe nunca me contou essa história. E também nunca me mostrou sua mão, a carne que, tenho certeza, nunca cicatrizou. Minha mãe, essa mulher que eu não sei mais, que não me sabe, que deve estar agora sentada na mesma cadeira de todos os dias, olhando sem ver o lado de fora da janela.

(Beatriz encarava o nada há mais de quarenta e cinco minutos. A pele ressecada fazia seu corpo inteiro coçar, mas ela não tinha força de vontade para tirar as mãos do colo e resolver sozinha essa questão. Ela não saberia como fazer sozinha os movimentos importantes. E fazia muito tempo que as enfermeiras do Solário, aquelas simpáticas jovens que usavam um conjunto branco sempre muito justo ao corpo, não passavam por ali para saber como ela estava. Não que ela fosse pedir ajuda ou qualquer coisa assim, não que ela falasse muito, mas talvez conseguisse transmitir o seu desconforto. Beatriz não sabia, mas aquilo que apertava o peito e dava vontade de chorar o dia todo era saudade. Desde que Matilde fora embora, mesmo que ela não soubesse quem era aquela mulher, seus dias ficaram mais vazios, inexplicavelmente doloridos, e ela até parou de perguntar por Egídio, intuindo que a presença do marido não resolveria aquele buraco que era de outra ordem.)

Eu sentia falta de alguém com quem conversar, procurava Abel nos rostos impassíveis de cada turista que caminhava por ali, as mãos penduradas de sacolas que guardavam *souvenirs* que podiam ser comprados em todas as lojas da cidade, absolutamente idênticos, sempre pelo mesmo preço. Ninguém ali sabia que era o dia da leitura do testamento, que era o dia em que meu pai morto falaria comigo, o dia pelo qual, sem nem saber, eu esperei por tantos anos. Todo mundo parecia feliz, e ninguém era Abel. Eu começava a me sentir sem lugar, andando pelas poucas ruas daquela cidade, vagando enquanto a hora não passava e não era tempo de ouvir o que o Pedro Cruz tinha a me dizer, as notícias de uma outra época, o testamento que não fora escrito por um louco, pois João Maria não era louco. Nem eu.

Numa cidade em que é preciso olhar para o chão, tudo parece mais triste, e eu não queria que as pessoas pensassem que eu era louca, pelo que aconteceu antes, ou pelo que podia acontecer a qualquer momento: sim, há essa sensação constante de que algo muito ruim vai me atropelar antes que eu imagine. Enquanto caminhava, eu podia sentir as pessoas me encarando, gente que já havia aprendido o lugar de todas as pedras e não precisava grudar os olhos no chão, gente que era muito mais livre para me julgar, me analisar, escrutinar cada centímetro do meu corpo e dos meus cachos indomáveis com suas certezas inabaláveis. Eu, de novo, demorei a perceber que ele falava comigo – o homem descalço, que era a única pessoa que parecia estar em todos os lugares, todos os dias.

Ele estava parado ao meu lado, e não posso saber há quanto tempo. Me perguntou como eu estava, se o frio ainda me incomodava, se eu tinha fome. O frio ainda me incomodava, é claro, mas meu corpo parecia começar a entender que não adiantava resistir, que doía mais com os músculos contraídos, e por isso eu tentava ignorar o ar gelado que atravessava minha roupa. Ele sorria muito, os dentes encardidos e tortos, embora simpáticos. Sabia meu nome e eu, não.

– Olha, não sei o seu nome.

– O nome é Cristóvão, mas prefiro que me chame de Barão.

– Barão?

– Pois. Eu chamaria a Matilde para um passeio, tem lugares bonitos nesta cidade, para além dos que tu já viste, lugares bonitos que só eu conheço, mas tenho um compromisso importante daqui a pouco e não quero me atrasar.

Então, sem se dar conta, aquele jovem, que tinha uma ingenuidade maior que o seu metro e tanto, me revelava que precisava estar na leitura do testamento do pai, que morrera há pouco, deixando-o órfão de pai e mãe, um pai com quem ele não convivia muito porque saíra de casa cedo, porque era uma pessoa estranha, porque o pai morava na mesma cidade, mas parecia que não. A mãe morrera bem antes disso, talvez de desgosto, porque o único filho que tinha não lhe saíra como imaginado: não teve uma infância sorridente, muitos amigos, nenhum plano de ir à universidade. Gostava mesmo era de andar descalço naquela cidade de pouquíssimos habitantes e nenhuma ambição. Os pais nunca se casaram e, um dia, a mãe confessou-lhe que morria de culpa e que desconfiava, coitada, de que era essa distância que deixara o filho assim, daquele jeito que ela não podia entender. Cristóvão me disse, sem perceber com quem falava, que estava nervoso, que não tinha nascido para coisas desse tipo, e que se sentia muito sozinho agora, que seria tão bom ter um amigo, e se eu não queria ser amiga dele. Era o meu irmão. Cristóvão, Barão, o homem descalço, era meu irmão, e foi parecendo mais frágil e mais instável a cada palavra, e eu também era frágil e instável, mas estava claro para todo mundo que eu não podia desabar ali, que eu tinha que ser a irmã mais velha, a parte forte, quem já estava acostumada a lidar com todo o medo e insegurança de uma criança no corpo de um adulto. Eu, que era um rebuliço por dentro, precisava estar calma para segurar o braço daquele homem elegante, os pés que não se importavam em caminhar descalços no chão instável, para que chegássemos juntos aonde deveríamos estar.

Eu precisava tomar uma decisão, o Cristóvão que não sabia de mim, que não tinha pai e nenhuma certeza, e que poderia ou não receber bem a informação de que, antes dele, era eu.

Eu não podia acreditar que Pedro Cruz tinha me escondido essa parte da história, esse detalhe discreto como um cavalo dentro do meu quarto, uma informação que podia, como pouca coisa, mudar meus passos seguintes. E não venha me dizer que ele avisara que havia muito a ser dito, um irmão não se deixa para o fim, a loucura da família passando para uma nova geração que vagava sozinha pela cidade, sem suporte, sem frio, sem perdão. Nós três loucos e ninguém por nós. E quem era a mãe desse menino sozinho, como é que se morre e deixa alguém sem sapatos no mundo? Se eu quisesse saber dele, teria que dizer de mim, e agora havia tão pouco que eu sabia, quase nada além da sensação constante e crescente de que alguma coisa muito ruim aconteceria a mim, antes mesmo que eu pudesse me preparar para isso.

— Vamos, Cristóvão, eu vou caminhando com você. Também tenho que ir nessa reunião, sabia?

— É Barão, por favor.

— Você sabe para que lado fica, Barão?

— A vila é redonda, Matilde. Fica para o lado que a gente quiser.

16

Todas as perguntas que eu queria fazer ao Cristóvão, tudo aquilo que devíamos e precisávamos saber um do outro me colocava, agora, no lugar de quem não podia mais ser vítima e sim aquela que devia proteger, estar perto, olhar por ele enquanto andava descalço naquelas ruas escorregadias, limosas e potencialmente agressivas. Eu não sabia o que ele sabia e não queria que meu irmão sofresse como eu, com um turbilhão de notícias sendo arremessadas contra ele de forma violenta e ininterrupta. Mesmo que as notícias eventualmente pudessem trazer qualquer coisa de bom, elas tinham muito poder de machucar e fazer doer. A loucura atropela, quando é verdade. Por isso, no pouco tempo que nos restava antes do encontro com o Pedro, antes do momento que poderia determinar nosso futuro e muitas outras coisas, eu precisava encontrar a medida, saber o que dizer, saber o que esperar.

Caminhávamos lado a lado, eu sem rumo e ele sem pressa, sabendo que inevitavelmente chegaríamos aonde deveríamos estar, era assim naquela cidade. Eu tinha um irmão. Eu, que fora filha da minha mae e de ninguém mais, agora tinha um pai e um irmão que era muito mais sozinho que eu. Cristóvão parecia não estranhar o fato de eu ter dito que também precisaria estar naquela reunião. Ele era uma dessas raras pessoas preparadas para tudo, que ouvia qualquer coisa com a calma impassível de quem sabe que não pode mudar a vida. Na verdade, minha frase foi quase como um convite para uma proximidade ainda maior, nossa relação ia escalando etapas em velocidade nauseante, e agora ele parecia muito mais à vontade e seguro ao meu lado. Já éramos íntimos, e isso era bonito, mas também me atordoava. E eu também tinha que estar à vontade, ele era meu irmão, eu sei, mas só sentia uma imensa tristeza por vê-lo tão sozinho, solto no mundo, o pai morto e a mãe também, mesmo que eu não soubesse quem, que eu não soubesse como. Ele havia me dito que ela morrera de desgosto, mas ninguém morre disso, deve ter ficado doente, pois tragédias maiores não cabiam mais naquele lugar. Caminhar com Cristóvão era muito melhor que caminhar sozinha, para além da segurança naquele chão de que eu não gostava, havia a alegria indisfarçada que o acompanhava, era um homem bom. As pessoas o cumprimentavam de dentro das lojas e restaurantes, quem cruzava nosso caminho acenava levemente com a cabeça e, algumas vezes, até sorria, ainda que ninguém, absolutamente ninguém, parasse para perguntar se aquele Cristóvão precisava de alguma coisa. É como se todos já soubessem que havíamos nos encontrado e quem era cada um naquela cena desajeitada, eu sempre a última a saber.

Talvez nada disso estivesse mesmo acontecendo, mas eu me sentia real, feita de carne, osso e aflição. Não foi difícil perceber que ele era só alguém que fazia parte da paisagem, provavelmente o louco da cidade, aquela figura inofensiva que todos conhecem, até gostam, mas é melhor manter uma distância saudável porque, no fim das contas, o louco da cidade pode ser mau agouro. Eu era a irmã do louco da cidade. Eu era a filha do louco da cidade que veio antes desse. Sorri imaginando o desespero de Abel ao saber que todos aqueles sinais de instabilidade emocional que eu carregava comigo e que tanto o incomodavam eram muito mais que sinais, que eu vinha de uma família que tinha gente que já fora amarrada à cama, que tinha gente que não usava sapatos, que tinha gente que, provavelmente, nunca mais se lembraria de mim. Eu era também, de alguma forma, a louca forasteira, os cabelos desalinhados, sempre olhando para o chão, reclamando do frio e das pedras, obcecada pelos dedos roxos da minha mãe e pelo cachorro que espera que eu o deixe sempre entrar. Eu deixo.

Eu sentia falta de Abel que, se aqui estivesse, faria um ou dois comentários afiados sobre a ironia da situação. Decidi que voltando da reunião eu dedicaria algumas horas a escrever um e-mail para o meu namorado: um texto lúcido, direto, que explicaria com calma toda aquela história intensa e insana, transmitindo a segurança que Abel precisava, demonstrando as certezas que nós dois procurávamos e fazendo com que ele não tivesse outra opção a não ser falar comigo, a não ser dizer que estaria do meu lado e que, sim, tudo ficaria bem, porque tudo sempre fica bem quando ele está por perto. Lúcida, como ele gostava que eu fosse.

Mas isso seria só depois, porque agora eu e Cristóvão, eu e o Barão tínhamos um compromisso inadiável com nosso passado, com laços sanguíneos que as pessoas julgavam que não importavam a mim ou a ele mas que, na verdade, eram tudo o que a gente tinha desde aquela manhã e talvez para sempre, eu que já havia resolvido que meu irmão se sentiria da mesma forma que eu diante dessas notícias, eu que me sentia agora no direito de resolver pelos outros, de sentir pelos outros. Eu, que não devia estar fazendo muito sentido, e o tempo que escorria lento, nossas mãos que se seguraram uma à outra diante de uma ladeira um pouco mais íngreme e escorregadia, num auxílio mútuo e bem-vindo, e não se soltaram mais. O que seria mais uma relação confusa em uma coleção delas? O que eu sentia em relação a Cristóvão era incerto, assim como aquilo que eu pensava de Pedro, de Rute, do próprio João Maria. Uma incompreensão que me atravessava a alma, as perguntas que se multiplicavam e me incomodavam, pedra no sapato da irmã do homem de pés descalços. Muitas vezes, naquele curto trajeto frio, eu me perguntei se o Cristóvão havia mesmo falado sobre a morte do pai. Ou se eu teria inventado aquilo, ou entendido qualquer coisa errada em um idioma que é o meu mas não é. Tem uma coisa que a gente tem e que finge que não, que é um alívio na dor do outro. Eu tive medo de estar me apegando a uma ideia egoísta de que aquele homem que estava ali sofria mais do que eu e que, por isso, seria saudável mantê-lo por perto. Mas ele havia falado sobre esse compromisso e, no caminho, duas ou três vezes, se mostrou grato por eu me dispor a acompanhá-lo naquilo que seria tão importante. Quando eu começo a não fazer sentido, também tenho medo de mim. Em breve encontraríamos Pedro Cruz, que por certo não é uma invenção da minha cabeça, e ele vai poder me ajudar, preenchendo com informações sensíveis ou não as últimas lacunas dessa história. Quem é a mãe desse menino, o João Maria é mesmo o pai, e por que ele não me disse nada? Não é um menino qualquer, é fácil perceber só de olhar para ele, uma cabeça que opera com outra lógica, uma ingenuidade maior que tudo, uma solidão incurável, bonita até.

O desconcerto nos olhos de Pedro Cruz, que esperava na porta pela chegada de todo mundo que tinha que estar ali, me mostrava que não, eu não estava louca. Ou estava, mas aquilo era verdade. Aquela mão que segurava a minha com força trazia um sangue que era meu também. Pedro olhou para os próprios pés, piscando rápido como eu já sabia que fazia, a culpa de quem sabia que tinha que ter me contado isso há tanto tempo. Ele se envergonhou e, como fazem os tímidos quando se sentem ameaçados, tentou desviar a atenção para qualquer outra coisa.

– Mas que coisa! Passei a manhã tentando falar com a Matilde, preocupado em como a menina chegaria aqui, que transtorno!

Ele se esforçava para parecer mais preocupado e mais dramático do que a situação pedia, afinal eu estava ali, cumprindo minha missão e carregando comigo talvez a coisa mais valiosa que meu pai pudesse ter me deixado, eu que sempre me senti tão sozinha e agora isso. Ele cumprimentou Cristóvão com um abraço íntimo, os dois se conheciam, e se ele sempre soube de tudo, como é que pôde deixar meu irmão sozinho, justo ele que se diz o grande amigo do meu pai. Com pequenos gestos e acenos, nos indicou o caminho e os lugares à mesa. Era uma sala ampla, sisuda, sem quaisquer objetos de decoração ou coisas que não tivessem uma utilidade imediata. Não havia quadros, tapetes, nenhum daqueles bibelôs que as pessoas costumam encaixar nos espaços vazios que os grandes cômodos geram inevitavelmente. Era só uma mesa de madeira escura e cadeiras do mesmo material, toda a mobília bem talhada, cheia de volutas e detalhes que deixavam saber que se tratava de algo caro e, provavelmente, historicamente relevante. Eu esperava ver Rute, mas todas as cadeiras ocupadas suportavam rostos desconhecidos, homens que eu não sabia quem eram e cujos olhares me davam a certeza de que eles, sim, sabiam de mim.

As pessoas se levantaram com nossa entrada, pareciam já estar ali há algum tempo, mas meu relógio me mostrou que chegamos na hora combinada, nem antes nem depois, como se Cristóvão, que parecia não se importar, tivesse cronometrado cada passo e cada instante da nossa caminhada até ali. Todos disseram a mim que eu deveria ser a Matilde, o que eu sabia que eu era, apesar dos breves momentos de incerteza. Eu estava ali, aquilo era inegável. Todos disseram estar felizes em me conhecer, o que eu não sabia se era verdade, apesar dos olhares amigáveis. E todos foram amáveis e suaves com Cristóvão, que estava muito mais à vontade que eu, que abraçava um a um e brincava, fazendo perguntas e observações que não respeitavam os códigos de conduta e de discrição social, mas que eram respondidas com paciência e um tipo de carinho que me fez bem presenciar.

– Como está bonito esse senhor. Andou pintando o cabelo, não foi? Já era hora mesmo de dar um fim àquela cabeleira branca que o deixava com cara de avô.

Eu adoro isso nos portugueses, até uma piada é falada com uma sobriedade e um tom tão sério que nos constrange a risada. O senhor em questão, que devia ter a mesma idade de Pedro Cruz, se apresentou a mim como Ricardo Nunes, um velho amigo do meu pai. Ao Cristóvão, sorriu sincero e tudo o que pediu foi que ele não comentasse com os amigos sobre os hábitos de beleza recém adquiridos, já que, como todos sabíamos, aquela cidade não era lá muito aberta a essas pequenas transgressões. O clima era muito mais leve e amistoso do que eu tinha imaginado todas as vezes em que desenhei essa cena na minha cabeça. E foram muitas e obsessivas vezes. Tensos, só estávamos eu e Pedro Cruz, diante dos silêncios que poderiam nos afastar e de todas as novidades daquele último dia. Os outros dois estavam na sala, bem mais jovens que Ricardo e Pedro, ou até mesmo que eu e Cristóvão, eram os meninos que trabalhavam com João Maria na oficina. Esses, sim, bem parecidos com o que eu tinha imaginado, o corpo franzino e assustado de quem ainda não é homem mas já deixou de ser criança. Pareciam também um com o outro, e depois vim a saber que eram primos, como se ninguém naquela cidade pudesse ter uma existência independente, uma vida livre. Esses meninos, coitados, viram meu pai morrer, devem ter escutado um baque e correram para o lado de fora, para encontrarem o patrão, um homem bom (e não louco), perdendo todo o sangue que tinha pelos rasgos que a lataria e o asfalto haviam feito em seu corpo. Se eu fosse eles, acho que nunca mais conseguiria dormir tranquilamente, o fantasma da morte me atormentaria todas as noites, como um homem magro de olhos fechados, os ossos pontudos escapando por sob a pele sempre muito fina. Mas eles pareciam descansados. Inocentes e culpados por não terem podido fazer coisa alguma para salvar aquele que era meu pai, pai de Cristóvão, patrão e amigo deles, melhor amigo de Pedro Cruz e tanto mais. João Maria era muita coisa, sobretudo para aquela gente que estava ali, em uma sala asséptica, as emoções suspensas para que a história pudesse continuar. João Maria me era nada e era meu tudo, e eu só precisava de alguém que pudesse me ouvir falar.

O Pedro assumiu uma postura que eu ainda não conhecia, o olhar seguro como nunca, o advogado que está ali diante daquelas pessoas para fazer valer a vontade do morto, que só por acaso era seu melhor amigo. Até sua voz estava diferente, mais grave e mais alta, falando com as pausas que nunca existiram em nenhuma das nossas longas conversas. Ele disse que estava ali para ler o testamento de João Maria Souza, um documento que havia sido escrito de próprio punho pelo falecido, em pleno gozo de suas faculdades mentais, há cerca de dois anos, lavrado em cartório e revisado por ele mesmo, o advogado Pedro Cruz. Dois anos era muito pouco tempo, será que o João Maria sabia que ia morrer? Ele esperara a morte por dois anos, essa inconsequente que demorou a chegar para arrancar dele o último suspiro? Será que de nós também seria cobrada lucidez? Pedro pediu desculpas pelo inconveniente e agradeceu a presença de todos, dizendo que João Maria havia sido muito claro sobre essa única exigência, a presença de todos ali mesmo, uma gente que já se conhecia e que podia usar a força do outro para superar aquilo. Agradeceu especialmente a mim, pela coragem de atravessar o oceano em busca de respostas, em busca da história, em busca de uma verdade que eu nem sabia existir. Era um agradecimento demasiadamente exagerado, dado que eu não tinha consciência de todas essas nuances quando decidi vir, dado que minha chegada tem muito mais a ver com uma curiosidade e um masoquismo que fazem de mim quem eu sou, mas eu estava aqui. Restava agora saber o que me restava a mim, desse pai que me abandonou antes mesmo de existir.

Pedro leu o testamento. Os meninos ficaram com uma boa quantidade de dinheiro cada um, economias que João Maria disse, em seu texto direto e lacônico, que poderiam ajudar cada um deles a conseguir uma condição de vida melhor: poderiam estudar fora, começar um negócio, fazer o que bem entendessem desde que tivessem, sempre, a consciência e a certeza de estarem buscando melhores condições e horizontes mais amplos do que aqueles que se ofereciam dentro daquelas muralhas. Foi bonito ver o sorriso no rosto daqueles meninos, a surpresa com a generosidade de um patrão que, todos dizem, sempre foi muito quieto e calado. Ao Ricardo Nunes, o carro. Um modelo antigo, que não vem ao caso, uma relíquia cuidada e mantida pelo meu pai com a dedicação de um fanático. Todos na sala se lembraram de como aquele carro era quase uma pessoa na vida de João Maria, as horas de trabalho para que tudo funcionasse da melhor forma possível, o motor, os freios, e todo o cuidado com cada detalhe, a pintura amarela, os bancos já gastos mas ainda cheios de charme, a lataria que brilhava com vida pelas ruas não muito amistosas da cidade. Não era um carro utilitário, era um carinho na vida das pessoas que se importavam com máquinas, como João Maria e, aparentemente, Ricardo. Ao Pedro, a oficina e a liberdade para que ele fizesse o que achasse melhor com aquele negócio, que assim como ele, já devia estar cansado. O texto do meu pai era direto, sem muitos rodeios, mas carregava uma poesia nas entrelinhas. Um louco, por certo que não. Pedro era o único que conhecia aquele texto, mas nem por isso estava menos emocionado que todos nós, as palavras passando apertadas por uma garganta que, como todas ali, só queria chorar. Até Cristóvão, que até então tinha se mostrado disperso do mundo ou concentrado em questões que ninguém mais sabia quais, olhava o advogado em silêncio, balançando levemente a cabeça, assentindo com as decisões de um pai que já não estava mais ali. E Cristóvão, meu Barão, o filho querido, o pedaço mais sincero, ficaria com a casa, mesmo que toda a gente saiba que ele não vai mesmo passar muito tempo ali. Mas é sua, caso os seus pés um dia venham a sentir frio, ele disse. A essa altura, todos riram, e depois eu vim a saber que o Cristóvão não dormia em casa, que desde a juventude optara por um caminho errante, o louco da cidade que dormia em um lugar diferente a cada noite. Mas, sob os olhos da lei, ele ainda morava com o João Maria quando tudo aconteceu e por isso, mas não só, a casa era dele. Eu já sabia que João Maria morava em uma casa pequena atrás dessa mesma igreja, uma casa que não era a mesma onde eu deveria ter nascido, mas um lugar novo, onde ele suportasse dormir todas as noites sem se lembrar de tudo. E para Matilde, a minha miúda, o que eu tenho de mais bonito, ele disse, a Quinta da Pedra e todo o meu amor. E que lá você encontre paz.

Você, quando ele dizia, era eu. Meu pai queria que eu encontrasse paz e, por isso, me deixou um lugar inteiro, uma quinta, um espaço que o Pedro me disse era só encantos. Que eu fosse conhecer, passar uns tempos ali, pensar na vida. Seria mesmo um jeito bonito de conhecer um pouco melhor aquele que, diziam, era meu pai. Como se houvesse tempo para isso, como se eu pudesse simplesmente ignorar a vida que corria no Brasil, a mãe muda que só chamava por outra pessoa, o namorado que me ignorava já agora há tanto tempo. A leitura terminou assim, num de repente, e eu, agora uma mulher com posses, uma quinta em Portugal, longe ou não do que achava que seria o meu mundo. Pedro veio se desculpar, enumerando suas razões para não ter falado de Cristóvão antes, tentando entender como chegamos juntos ali e o que mais poderia ter acontecido na sua ausência. Cristóvão, o meu irmão, também não deixou a sala, ficou quieto num canto, esperando que um de nós dois fosse falar com ele, acompanhando, sem a preocupação em disfarçar, uma conversa que era mesmo sobre ele. Eu, que já tinha tanto a pensar, disse a Pedro que estava tudo bem e pedi licença para ter com o Cristóvão.

– Vai, menina. Vais gostar do que vai ver. Cuida bem dele, sim? E me diz quando é que vais querer conhecer a tua quinta, eu faço questão de levar-te lá. São menos que trinta minutos daqui, tu vais gostar.

Eu não sabia se iria, eu não sabia o que fazer com aquilo, eu só queria ter com o meu irmão.

– Sabes, quando me disseste que te chamavas Matilde, eu pensei mesmo que era a minha irmã, mas isso seria muito bom, e a vida não costuma me ser boa. E foi só por isso que tirei essa ideia da cabeça.

– Pois sou eu, Barão. Sou eu.

17

Não foi uma negociação simples, porque não deveria ter sido uma negociação. Aquele cachorro já era meu há muitos dias, a gente se entendia e se sabia como mais ninguém, e não era justo que qualquer pessoa reclamasse a posse de uma vida. Por mim, ele iria comigo se quisesse, mas a placa de metal pendurada na coleira me dizia que eu não podia fazer o que queria, que era simplesmente sair com ele porta afora, diárias já pagas, não devendo nada a ninguém, a mala de um lado, o Bitoque do outro, eu no meio cheia de incertezas, e os cabelos que andavam cada vez mais caóticos, e isso era uma coisa só minha. No máximo, minha e dele. Mas não foi isso o que se passou na recepção do hotel, aquele lugar que já devia despertar alguma simpatia em mim, mas até hoje era só mesmo um espaço de passagem e de desgosto. Minha culpa, sempre ela, me fazia falar, e demorou até que o menino da recepção, o Humberto ou seu irmão Alberto, eu não sei mesmo qual é qual, iguais em seu desdém e cheiro de cigarro, demorou até que ele me levasse a sério e chamasse o proprietário do hotel, que, segundo ele, quase nunca passava por ali.

— Mas ele deve morar perto, afinal todo mundo aqui mora perto, de algum jeito, e eu preciso tratar desse assunto que é muito importante.

— Como é que eu vou dizer para ele que tem aqui uma hóspede que quer o cão dele?

– Pois não diga! Diga apenas que tem aqui uma hóspede que precisa tratar de um assunto importante com urgência. Eu espero.

E, no final, o tal dono do hotel era muito mais simpático e gentil do que as pessoas que escolhera para ficar ali, interagindo, sorrindo e ajudando outras pessoas logo na entrada do seu estabelecimento. Me disseram o nome dele, mas eu já tenho tanta coisa na cabeça que precisaria de muito esforço para me lembrar e, que esse homem me desculpe, todos os meus esforços estão agora em um outro lugar. Eu contei a minha história, a minha versão e também a do Bitoque, e ele foi muito educado em simular um ar de novidade, uma surpresa agradável em conhecer a filha do João Maria, como se até aquela hora ele não soubesse que eu estava ali, como se fosse possível que qualquer um dos pouquíssimos habitantes daquela cidade ainda não soubesse da minha existência. Mas sobre Bitoque, ele não podia mesmo saber, tudo o que acontecia entre nós dois acontecia dentro do meu quarto, talvez com a porta da varanda aberta, mas era preciso muita atenção para entender que uma amizade começava ali. E, para além de mim, ninguém dava muita atenção para aquele cachorro.

Felizmente Bitoque fez a sua parte na comprovação dos argumentos e ficou todo o tempo ao meu lado, a cauda fazendo o que fazia de melhor, os olhos que não me deixavam mentir. Eu tinha uma casa agora, e seríamos eu e Bitoque, tinha que ser assim, e eu não sei se em algum momento levantei a voz, mas as pessoas pareciam me olhar assustadas, talvez fosse o meu cabelo. Era uma situação delicada, um equilíbrio frágil, e eu precisava elogiar o cachorro e a vida que ele levava ao mesmo tempo em que convencia aquele homem de que ele ficaria ainda melhor ao meu lado, já que eu era a sua única companhia nos últimos dias e que a pequena cama de espuma atrás da dispensa já deixara de ser frequentada há tanto tempo. No fim, ele parecia um pouco aliviado, ainda que não quisesse admitir.

– Pois leva o cão, mas se qualquer coisa acontecer, eu vou ser o primeiro a saber. E se a menina desistir de morar aqui, o que eu não duvido, a gente vai ter que conversar como vai ser. Ninguém fica nessa cidade se não precisa, Matilde. Ninguém. E não te esqueças que o cão não gosta de ração, ele come é comida de gente, não te esqueças.

Gente que chama um cão de cão, como se ele não tivesse nome. Eu não tinha muita coisa para levar, já que minha mala ainda continuava como no primeiro dia de viagem: aberta, levemente revirada, sem demonstrar intenções, mesmo que distantes, de receber mais atenção do que isso. Também, o Pedro havia me dito que a quinta do meu pai já tinha tudo o que eu iria precisar, era um lugar que ele gostava de manter arrumado, para o caso de alguém importante chegar sem aviso. O Pedro me confidenciou, com a voz baixa de sempre e um tremor novo na garganta, que esse alguém era eu, que o João Maria sempre esperou, de uma forma ou de outra, que eu fosse estar ali algum dia. Isso não fazia o menor sentido, mas eu não tinha mais vontade de argumentar com ninguém. E agora íamos nós dois, eu e Bitoque, abraçados no banco de trás do carro de Pedro Cruz, que, ao lado de Rute, não parava de falar sobre como a casa da quinta era encantadora, o lugar preferido de João Maria, e sobre como eu ia gostar de estar ali. Como se tudo fosse sobre ser feliz agora, como se já tivéssemos ultrapassado a etapa da vida em que era só sobreviver e suportar. Como se isso fosse possível.

Andavam felizes os dois, e eu sabia que a felicidade era a ausência de culpa, pois agora que eles já não tinham mais nada a esconder, podiam apenas se sentir satisfeitos de ver a filha do amigo ficando, os dias passando e eu entendendo tudo o que me diziam, mesmo que entendesse tão pouco sobre o resto da vida. Eu falava cada vez menos, mas isso não parecia incomodar.

Incomodava o meu editor, que mandava e-mails e ligava, o meu silêncio e a minha ausência, mas o projeto só tinha a ganhar com o meu abandono, porque antes isso que o trabalho horrível que eu estava fazendo. Eu não sabia como é que tinha me atrevido a fazer isso por tanto tempo, mas agora não mais, eu não sou uma tradutora, não sei escolher as palavras da minha vida, quanto mais da vida dos outros. Tenho certeza de que um dia ele vai me entender. Ou talvez não, mas foda-se! Antes de deixar o hotel eu tentei mais uma vez, sem sucesso de novo, falar com o Abel. Já era impressionante o número de novidades que eu tinha para dividir com ele e agora, que eu me afastaria um pouco da cidade, talvez fosse ainda mais difícil que ele conseguisse me alcançar. Mas agora, diferente de todos os outros dias, minhas mensagens pararam de chegar até ele, o que significava que o telefone estava desligado. O Abel nunca desligava o telefone, nem nunca deixava que o aparelho se descarregasse por completo. Responsável e preocupado como era, não podia conviver com a ideia de que qualquer pessoa o procurasse e encontrasse uma mensagem automática da secretária eletrônica. Algo de muito ruim tinha que ter acontecido a ele, qualquer coisa que justificasse esse novo estado. Talvez, já há alguns dias, as coisas não estivessem bem, e era só por isso que ele não falava comigo. Talvez eu nunca mais visse Abel outra vez, era melhor começar a me acostumar com isso. Ou, talvez, olhando sob uma ótica menos trágica e por isso menos alinhada com minha situação atual, o celular dele estivesse mesmo desligado, pelo simples fato de que não é possível conseguir sinal dentro do avião. Sim, tinha que ser isso: o Abel estava, finalmente, voando para me encontrar. E foi com essa delirante certeza que avisei onde estaria e que chegasse logo, eu esperaria ansiosa por ele ali.

(Em casa, Abel tentava produzir. Assim como Matilde, estava envolvido em um grande projeto, e os últimos acontecimentos haviam atrapalhado bastante sua concentração. Não que ele e Matilde nunca tivessem brigado, claro que não era isso, os dois eram um casal como todos os outros. Mas Abel nunca tinha visto Matilde como na outra noite, na madrugada em que o telefone tocou duas, três, quatro vezes, e aquela que era sua namorada falava do outro lado da linha como se fosse uma outra pessoa. Matilde parecia não escutar nada do que Abel tentava dizer, usando as piores palavras, e ela sabia ser cruel e machucar quando queria. Matilde estava transtornada, e ele tinha medo de que isso acontecesse. Aquela, do outro lado da linha, não era a mulher por quem ele tinha se apaixonado, mas uma louca qualquer que não pensava antes de abrir a boca. E sim, Abel queria perdoar, queria muito saber de todas aquelas notícias improváveis que chegavam freneticamente em seu celular, mas ele também tinha seu orgulho, ninguém é obrigado a ouvir tudo o que ele ouviu e fingir que nada aconteceu. Já bastava Matilde se comportando como se estivesse tudo bem, como se nada daquilo tivesse acontecido, como se ela tivesse se esquecido de que disse que ele não era um homem digno de respeito ou de admiração. Abel tentava produzir e era por isso, e só por isso, que seu telefone estava desligado.)

18

A casa ficava no fundo do terreno, quase escondida por um jardim denso, árvores e arbustos bem cuidados, bem verdes, folhosos e com cheiro de alecrim. O Pedro explicou que vinha cuidando daquele jardim, mas que teria alegria em me ensinar os poucos mistérios que eram necessários para deixar aquelas plantas felizes. O Bitoque me deixou parada ali e foi investigar e descobrir tudo o que estava guardado para ele naquele lugar. E o Pedro me entregou as chaves para que eu mesma abrisse a porta do meu novo espaço, a Quinta das Pedras, quase rezando para que eu fosse feliz ali.

Eu ainda não sabia se ficaria nessa quinta ou nesse país, ainda que a disputa por Bitoque me indicasse que meu coração já havia decidido. O mesmo efeito tinha o coqueiro imenso ao lado da casa, que ainda não havia morrido de saudade, apesar das infinitas vezes que minha mãe me cantou o contrário. Tu não te lembras da casinha pequenina, onde o nosso amor nasceu. Tu não te lembras das juras e perjuras. Ah, se a Beatriz pudesse me ouvir e se ela pudesse saber que não, ninguém morreu de saudade.

Era uma casa pronta, com tudo aquilo que as pessoas precisam para viver: gavetas que guardam segredos, roupa de cama, utensílios de cozinha, muitos livros na estante, histórias que me contavam mais do meu pai do que delas mesmas. Escorreguei os dedos por todas aquelas lombadas um pouco gastas, títulos que me eram tão queridos ao lado de outros inéditos, gente que eu não sabia quem, gente que eu precisava conhecer. A iluminação era como eu gostava: discreta, indireta, tudo um pouco nebuloso e etéreo, tenho certeza de que o Abel vai querer mudar isso. Mas é um lugar bonito, ele vai adorar e, sim, ele já deve estar chegando, com todo o seu barulho e seu corpo inquieto, ele que obviamente desligou o telefone porque está voando. Vem para dentro, Bitoque, vem para dentro que hoje está um dia muito quente para rolar na grama.

...

A ínfima probabilidade de que vás um dia ler esta carta me enche de coragem para falar consigo tudo o que precisa ser dito. Eu sempre soube que serias tu, menina. E quando a tua mãe decidiu que não faríamos aqueles exames que nos mostram o sexo do bebê, porque ela queria que fosse uma surpresa, porque ela queria poder olhar no meio das pernas daquele corpinho recém-nascido, ainda sujo por vir de dentro das entranhas dela, e só então entender o que seria feito de nós dois, de nós três, eu fiquei quieto e sorri em silêncio, porque eu não precisava de nada daquilo, eu sempre soube que serias tu, Matilde. E antes mesmo de pensar e de saber que um dia seria pai, eu, muitas vezes, me pegava a imaginar em meus braços o corpo miúdo de uma pessoa que poderia mudar a minha vida, aquela cabeça tão pequenina que era mesmo menor que a palma da minha mao, aqueles olhinhos silenciosos que queriam descobrir o mundo, aquela vida tão discreta que poderia e iria ressignificar todos os afetos da minha história. Talvez eu ainda não soubesse, mas já eras tu, Matilde, naqueles sonhos de juventude, nos delírios de toda uma vida, nas gargalhadas simpáticas a trabalhar intensamente para desconversar as perguntas de quem quer que fosse, pessoas próximas e distantes que sempre se ocuparam da vida alheia nessa cidade, o João Maria que já tem mais de trinta, não tem mulher nem filhos e que precisava dar um jeito nisso. Eu não tinha que me preocupar, Matilde, porque eu sempre soube que tu chegarias.

A minha vida inteira eu esperei por ti. Sabes que eu escolhi o teu nome antes mesmo de saber que tua mãe estava grávida? Vai ser difícil te convencer disso agora, mas eu não teria razão para inventar uma coisa assim, até porque tu nunca saberias. Mas eu já sabia que seria Matilde, a minha guerreira forte, como teria de ser. A minha vida inteira eu esperei por ti. E é por isso que eu acho tão triste e me dói de tantas formas e em tantos lugares deste corpo já cansado o fato de eu ter destruído tudo isso, sozinho. Tua mãe não teve culpa de nada, Matilde. Ela estava a proteger-te, e a ela mesma, daquilo que eu me tornei e, se eu pudesse, também me protegeria de mim mesmo. Eu magoei a tua mãe em tantos sentidos, menina, mas eu nunca quis fazer isso, precisas acreditar em mim. Eu deixei os dedos dela roxos, e essa imagem nunca mais saiu da minha cabeça: a Beatriz, tão bonita, a barriga imensa chegando antes que ela aos lugares, já eras tu querendo ganhar o mundo, e eu a falar todos aqueles impropérios e violências, sendo horrível como eu nunca quis e sem deixar que ela se aproximasse de mim, usando toda a força que deveria protegê-las, para manter-nos longe um do outro. Tu não entenderias, Matilde, mas se serve de consolo (se é que existe alguma coisa assim nesse contexto), não passou um dia em que eu não tenha chorado por isso, pelas duas. É importante que entendas que eu não sou um monstro, minha miúda, minha pequena filha. Monstros são aqueles que me visitam, de tempo em tempo, que entram dentro de mim e me dizem o que fazer, e não me deixam escolha, e nunca calam a boca. E nunca se vão. Eles falam tão alto e tão rápido, Matilde, se soubesses! Monstros são aqueles que tentam acabar comigo e contra quem eu uso toda a minha força, muitas vezes em vão. Como foi naquele dia. A tua mãe não tem culpa de nada, ninguém tem, só eu tenho. E eu sinto a tua falta, como se te conhecesse. Eu te conheço, Matilde, porque eu sempre soube que virias.

E se estás a ler isto, estás aqui, na cidade que deveria ser a nossa vida. Se estás a ler isto, eu estou morto. Mas te animes, isso é essencialmente bom, Matilde. Eu já estou mesmo cansado, sabes? Os remédios que me deixam sempre meio tonto, mas que eu não posso deixar de tomar e que, juro, tomo todos os dias. Eu não percebia o que estava a me acontecer naquele tempo, mas hoje eu sei e não deixo que nada se aproxime de mim. Se eu posso dizer qualquer coisa hoje, Matilde, é que eu não estou louco. Que eu não vou ser louco nunca mais, e isso tudo é por ti. Mas já estou mesmo cansado. Me pesam os tantos olhares nas ruas, as pessoas que se acham tão melhores que nós dois, que nos julgam porque se julgam superiores, mas eu sei que ninguém é melhor que tu. Eu não soube do seu nascimento, menina. Demorou até que eu soubesse a data do teu aniversário para que, a cada ano, pudesse pedir, em oração, que tivesses tudo o que sempre quiseste, que fosses feliz, plena e lúcida. Pedro e Rute foram bons amigos, Matilde, e a essa altura eu sei que sabes. Foi só por eles que eu consegui saber dos teus cabelos rebeldes emoldurando um rosto tão bonito, os olhos profundos curiosos do mundo, exatamente como eu havia imaginado. Eles foram ter consigo no Brasil, logo que nasceste, sabias? O que sabes, minha menina? Queria eu poder estar ao teu lado, contar-te tudo segurando tuas mãos, eu prometo, eu juro não machucar-te. A minha vida inteira eu esperei por ti, Matilde, mas precisei continuar. Eu fui como pude, me protegi dos monstros, assim como tua mãe fez consigo. E se estás a ler isto, por fim, já conheces o Cristóvão, o teu irmão que, coitado, saiu ao pai. Cuide dele, minha menina, ele é bom. Oxalá tu possas me perdoar um dia! Oxalá eu consiga dormir, só por esta noite.

Este livro foi composto com tipografia Adobe Garamond Pro
e impresso em papel Off-White 80 g/m² na Formato Artes Gráficas.